LOCUS

LOCUS

LOCUS

catch

catch your eyes ; catch your heart ; catch your mind……

catch 02

叛逆的天空

作者：梁望峯

責任編輯：陳郁馨

美術編輯：何萍萍

內頁插圖：梁望峯／楊靈

發行人：廖立文

出版者：大塊文化出版股份有限公司

台北市116羅斯福路六段142巷20弄2-3號

電話：(02)9357190　傳眞：(02)9356037

信箱：新店郵政16之28號信箱

讀者服務專線：080-006689

郵撥帳號：18955675

戶名：大塊文化出版股份有限公司

行政院新聞局局版北市業字第706號

總經銷：北城圖書有限公司

地址：台北縣三重市大智路139號

電話：(02)9818089(代表號)　傳眞：(02)9883028 9813049

排版：天翼電腦股份有限公司

製版印刷：源耕印刷事業有限公司

初版一刷：1997年5月

定價：新台幣120元

ISBN 957-8468-14-8

Printed in Taiwan

catch

叛逆的天空

很想真實正正擁有自己

梁望峯◎著

自序

每次來到台北，總喜歡在下榻的中國大飯店窗前，俯視對街新光三越百貨公司馬路前人車爭路的奇景，即使素來「勇往直前」的香港人，似乎也沒有台北市民的敢死精神！而我預期終會目睹的車禍，竟一次也沒有在眼前發生。

台灣對我來說，真是新奇又奇異的地方。每次走進誠品書店，總以爲入錯地方，來到玩具反斗城！更遑論有二十四小時營業的K書漫畫店，對香港人來說，這些像是《X檔案》中才會發生的情節！

然而，每次到速食店遇到埋首苦讀的學生、在光華商場和附近電腦商場流連而不願離去的少男少女，甚至夜半飆車的酷哥酷妹，我就感到特別的親切。

原來那些彷彿一輩子也讀不完的課本和日常殺時間的活動，並非香港年輕一族的專利痛苦，台灣甚至全世界也是不約而同的！大概我們還年輕，又大概我們都生活困悶得沒話說——我總是在想，在一定程度上，我的心態或許比你們更加無所適從。有心事時總找不著一個願意聽的人，有人願意聆聽時我又不願說了；經常希望依靠自己的能力改變周遭，卻又顯得自己無能為力；就算快樂時希望與人分享，呆坐電話前也想不到該撥電話給誰……

這些瑣碎又複雜的情緒不斷纏繞著我，於是我才開始了寫作，將我在電動玩具店的開心事、被女朋友拋棄的傷心事也忠實記錄下來。而最接近內心的另一個自己，卻抱著對外發動攻擊的心情，誓要替自己和同病相憐的人伸一口怨氣。

「你的書已成為我們活下去的力量了！」

在香港，有很多年輕的讀者朋友來信時這樣告訴我，或許我確實寫出他們所想的，使我的身分儼然成了他們的代言人，可是我總存在一個憂慮——我那常被人批評為過於悲觀的筆觸，是否會對他們造成影響？還是樂觀的人根本太少？

我真希望台灣的朋友也能告訴我。

已出版七十本書，在香港我可算是「老」作家了（但不要誤會，我還很年輕喔！），可是，在台灣才踏出第一步，總感到自己像個孤兒，像等待著別人領養似的。寫了這個自序，也無非爲了讓自己知道，有人正注意我的存在而已。希望你們看過《叛逆的天空》後，能寫一封信給我，給我一點意見也好，就算寫幾句罵我的粗話也好，雖然我不一定都能回信，但絕對會將每封信都細心閱讀。

我的私人信箱是：香港觀塘郵政局郵政信箱 62033 號。

最後，希望將我在台灣出版的第一本作品獻給父母親，雖然他們眞的不算朋友，雖然我花在老朋友、電玩遊戲、小貓咪和工作的時間，都比在他們身上要多，但我心裡仍是滿尊敬他們的。若他們兩人不是教師，我可能早已成了小混混了。

梁望峯

一九九七年五月於香港

自序

我這個人

兒子的心聲

情感試寫室

我這個人

撲克臉

在熱鬧中感到寂寞，比孤獨中的寂寞更難耐。

由於我是一個不合群的人，所以便有一大堆評語妄加在我身上：冷漠、唯我獨尊、自閉症等，我隨他們怎樣說，嘴巴長在他人頭上，我怎麼辯？刻意反辯，在他人眼中是「狡辯」，同時滿足了觀衆欣賞籠中獸苦苦掙扎的心態。

爲免愈描愈黑，我保持著一貫以來的撲克臉——不露出任何情緒，好過浪費氣力來反擊或譴責些什麼。

大多數人認同了一種生活模式，便會把少數不同的人當作怪物看待。異性戀者不斷揶揄同性戀，四肢健全的人藐視傷殘病弱者，正氣凜然的人對奴顏婢膝的人感到非常不舒服。那麼，習慣了群體生活的對不被拉攏的人投以稀奇的眼光，也就最正常不過了。

疼我的人問我爲甚麼要孤立自己，我回答他這樣做人最舒服。一群人中我永遠只能成爲配角，彷彿一個抬不起頭的潦倒小角色般，站在主角身後。惟有一個人自編自導自演，我才是眞正獨一無二的主角。

大群大簇聚在一起其實也並不那麼熱鬧，男男女女在坐著抽著Marlboro，東拉西扯的說些風花雪月，話中夾雜著男女生殖器之類的助語詞。其中一個講了個不十分好笑的笑話，大家也得陪笑，不想笑也請彎起一半嘴以示自己團結，就當是恥笑那個講笑話的人好了。

在熱鬧中感到寂寞，比孤獨中的寂寞更難耐。除非你就是那個講廢話後還沾沾自喜的人，否則請速速離群，懂了嗎？

不快樂的人

能夠做回不快樂的自己，已經值得快樂。

有一段日子，很不快樂。不快樂的程度，幾乎到了一個熬不下去的地步，還能夠支撐下來的原因，除了得到朋友的安慰和鼓勵以外，是他對我說了句永遠難忘的話：「能夠做回不快樂的自己，已經值得快樂。」

我聽完，好好想過之後，再沒有爲自己的不快樂發出半句怨言。

因爲，當我不開心，起碼我能夠肆意的鬧情緒。我可以一個人走到離島地方散心；致電老朋友出來相聚訴苦一番……雖然自己不快樂，但也同時擁有自己去難過。在黑暗中，有扶我一把，聽我細訴的人。這樣的不快樂，能夠苦到哪裡？

最不快樂的莫過於對人歡笑，背人垂淚的人。明明心坎裡啃噛絞痛，但在某一些環境，面對某一羣人，祇能堆起一臉的敷衍笑容，不可以流露出一點點的不滿神情，或者傾訴幾句眞誠的傷心話。做不回不開心的自己，只會令傷心的人更傷心。

溢於言表的不快樂，痛苦極有限。最要命的，想來想去，還是需要整天出賣笑容，啞口吃黃連的一羣。

不快樂也可分成很多個層次。我的不快樂，層次最低、創痛最少，實在不值得一記。

女朋友

有女朋友我會向任何人承認，我要她知道她是我的唯一。

以下是我選女朋友的十大條件：①愛我；②我愛她；③還是處女；④未談過戀愛；⑤漂亮可愛；⑥性格溫馴體貼；⑦沒有黑社會背景；⑧不抽煙；⑨成就不比我高；⑩年紀不能比我大。

我不像有些人，無論對方是否適合自己，佔有了再說。因此有很多戀情，一星期就結束了，一個月就結束了，結束了還嘻嘻哈哈當沒事發生過一樣，那不是瀟灑，那是愛得不深，去與留，便顯得不大在乎。

我嚴格地要求自己在同一時間內不准愛上兩個人，因爲眞的愛上一人，已經把所有精神時間都耗盡在對方身上，還有什麼可能再理睬另一個？不忠或不貞，雖非一種罪，卻代表對戀愛對象不夠投入，又或患得患失時，又或雙方感情淡又有機可乘時才會發生的。

當然也有人以自己有衆多男／女朋友見稱，那不要緊，每個人總以爲自己又征服了一人，其實又怎知自己是否正被征服呢？愛情再胡鬧也要認眞，我寧願將一個好的留在身邊，也不願隨街撿起幾個就說是女朋友。

有女朋友我會向任何人承認，我要她知道她是我的唯一。

如果沒有，是緣份未到，我不會強求。戀愛這東西，寧缺毋濫。

男朋友

做朋友知己應該彼此誠實；做男女朋友的，是另一回事。

如果我決定做一個女孩子的男朋友，我固然要很愛她，更重要的是，我會很願意欺騙她，使她盡量快樂。

我絕不會講任何傷害她的說話，而專挑一些她喜歡聽的話去逗她高興。

世上最可怕和最討厭的都是口不擇言的男人，而如果這個男人不幸成爲情人的話，分手是遲早發生的事情。

因爲沒有女孩子能忍受一個實話實說的男人，去批評自己的不好，或憶說自己的舊女友。女孩子口裡當然說不介意，其實口是心非，心裡早已將你倒扣三十分。

除此之外，亦要對自己欺騙過她的話記得一淸二楚，以後她向你翻查，被她知道你後話不對前言，一樣是死路一條。

女孩子喜歡聽順耳的話，不喜歡知道順耳的話大部分是假話。事實就這麼簡單了。

另外，女孩子都喜歡帶點邪氣的男人，忠忠直直的，呆頭呆腦的，永遠帶不來刺激，隨時可以悶死人。

帶點邪氣，並非代表黑社會人物，也不是市井的人，只是有點狡猾，很懂得逗人開心，又不至於壞，譬如韋小寶類型的，自然極受女孩子歡迎。

做朋友知己應該彼此誠實，做男女朋友的，是另一回事，務求以令對方開心和信任爲大前提，出於好意的不誠實更能獲得信任，雖荒謬卻不可不信。

揀男朋友當然要揀一些知情識趣的男人，所以，任何人的初戀都定會失敗，就是這個原因。

小貓

我早已把我的小貓——小明——當做人，我的一個親密同伴。

我家養了一隻小貓，名叫小明，很可愛的。我每星期帶牠到獸醫處檢查身體或洗澡，給牠吃喝玩樂都是最好的。

小明每月的生活費很昂貴，但我毫不介意，因爲我愛小明。因爲愛牠，我願意將自己有能力給予的最好的一切奉獻出來，而不計算失去的是否比得到的多，總之讓小明活得開開心心、健康肥胖，我就覺得是我一生最大的成就。

媽媽痛心疾首對我說：「養一隻貓，用那麼多錢，爲什麼不索性娶一個老婆？」一樣的。我早已把小明當做人，我的一個親密同伴。我經常跟牠談心、抱著牠看電視、一起睡覺，甚至吃雞湯，小明也要爭著吃一半。誰說牠不像人？

而小明和人，惟一不同的，只不過是牠不會講人話，只懂咪咪叫。

而這點不同，才會令我如此溺愛牠。

戀愛時，情人話，可是最甜美的棉花糖，也可是一柄殺人的冰鑿。我一朝被蛇咬，十年怕草繩。

有人說話不知所云，也許是其戀愛生活太美滿之故。

小明一咪咪叫，我便餵牠吃鮭魚，牠吃飽後便會用網球般大的小頭顱揉撫我手背。

但娶老婆，是永遠不能滿足她的。

心事

既然是心事，還是把事放在心上好了。

我有爸爸、媽媽、弟弟、紅顏知己拍檔楊靈及一個相識超過七年的老友豪哥，還有一隻名叫小明的小貓，按理我應該會快樂的吧。但是我還有很多心事，不能對任何人傾吐，包括最親近的人。

現實生活中，有心事就算講了出來又如何呢，除了會令更多人（世上沒有能守祕密的人）得到窺探的滿足和令自己顯得軟弱無助外，實在不見得會令內心舒服。

既然是心事，還是把事放在心上好了。既然是放在心上的事，總不會輕易講得明白。可是，我最親近的人常說：「你已經不會把心事告訴我了。」

這個情形，令我聯想起在靈堂前，死者的家人大哭大嚷：「你死了，我以後怎辦？」大家都只爲自己利益著想。死者也許會氣得彈起身問：「我死了，我又能怎辦？」我感覺自己就是那個死者。分別只在於死了可以一了百了。

有人關心是好事，但過分關心就變成可怕的監視了。

所以很多時候，我喜歡一個人獨來獨往，關掉一切令人可以找到我的機器，一個人靜靜地抽一口煙或泡半天電動玩具店，把悲傷都留給自己，把最好的心情交給疼我的人。

與疼自己的人一起愁雲慘霧，甚至相擁而泣，煽情是夠煽情了，但總不能解決什麼的，對嗎？

最後一根菸

因爲不喜歡抽菸，所以才抽菸去折磨自己。

當菸包還剩下最後一根香菸的時候，心裡總會有一種悲哀的感覺，就像世界快將終結了。

因爲不喜歡抽菸，所以才抽菸去折磨自己。菸燃燒著，也在燃燒生命。既然管不住自己，如果放縱令自己好過點，倒不如規規矩矩放縱一下。我用港幣二十三元購買一次麻醉，毫無疑問，我達到目的，卻要面對的，就是麻醉藥力一過，那種將清醒時未清醒的口乾舌燥的苦澀感覺。

尤其當菸包還剩下最後一根香菸的時候，也是恢復知覺的前一刻，所有的逃避，很快便要再面對。想一想已覺得心寒，人如墮進冰窖裡。於是，對於最後的一根，感覺是有所不同的。假如頭十九支香菸支配了我的話，最後的惟一，才是眞正屬於我自己。就這一根菸，84mm 的長度，打從燃燒開始，每一個 mm 都顯得它那應得的珍惜——因爲即將失去，甚至連菸味都彷彿隱隱透著憂愁。

於是當菸包還剩下最後一根香菸的時候，也是時候去打開另一包。那心情，雖然眷戀，但終歸過去；捨不得，卻不得不捨；不想清醒就盡量保持不清醒好了。香港政府忠告市民吸菸危害健康，但燒一口菸，如果能消除一點點愁，我寧願做個不聽話的市民。

因爲人生，實在太痛苦了。

人世間一些苦悶的難題，何妨用火柴發問，用菸作答呢？

孤立

眾人孤立我的同時，我也孤立了眾人，本來就公平得很。

每一年直至學期結束，我還說不出課室大部分同學的姓名，由小到大，我慣了不和無聊人打交道的，我是個極度自我的人。

但我活得很愜意，則是無可置疑的事實。

為甚麼與大夥同行就是光榮事，無人結伴就抬不起頭來？到現在我還不能完全明白。與一羣志不同、道不合的硬夾在一起，除了行動受制、耳朵受噪音騷擾以外，我可以得些什麼好處？一想到這裡，我寧願一個人獨行了。

一個以自己為中心的人，可以將周遭壓下來的挑剔減至最低。聯朋結黨不免事事擔心，由衣著、樣貌到身家，無一不能不顧，無一不能不佳，否則被同僚恥笑，就失敗之極了。做任何事總要令我覺得犧牲得來有價值，例如廣東話講的「埋堆」，意思是「西瓜偎大邊」，但也要看透形勢才好行動，要不就「埋」最大的核子反應堆，揀那些三三兩兩貓貓狗狗的垃圾堆，根本難成氣候，把頭栽進去，只會弄得一身汚泥，水洗難清。

衆人孤立我的同時，我也孤立了衆人，本來就公平得很，一個人獨行絕非醜事，也根本不是件人人敢做的事情，做了，是眞眞正正的 Live My Life，獨行獨斷，舒服過做神仙。

其他人築了範疇綁死自己，由他們去好了，總有些人是爲著別人而活的，正如有些人是被虐狂一樣。

旁人看不順眼，也只徒呼荷荷。

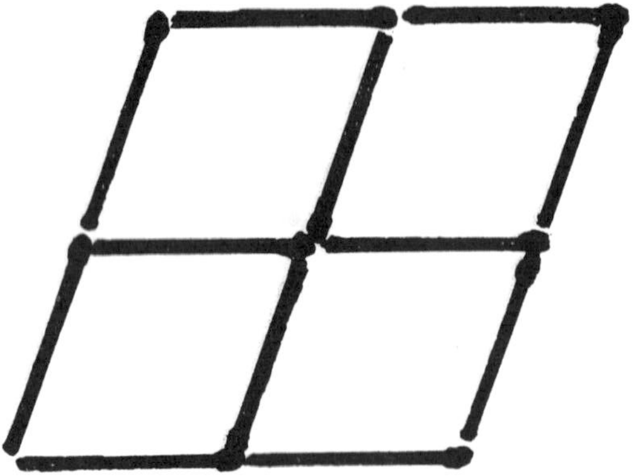

上圖是由十二支火柴棒排成的四個菱形，若要取走三支火柴棒，如何使之形成三個菱形圖案，而其餘的火柴棒可以任意移動，但不能拿走。答案在23 頁。

屈辱

對於寫作的人來說，我想不到一個比書局不賣我的書更大的屈辱。

有人問我：受過委屈沒有？有的，經常有的，誰沒有受過委屈呢！有哪一次委屈是最難忘的？有一個，是永遠都忘不了。某一年，出版了一本新書後，去逛書店，順便巡視一下，看看反應如何，逛到旺角一間頗具名氣的大書局裡，找遍每一個角落，連我的半本書也見不到。心裡很高興啊，滿以爲賣到缺貨，高興起來，便假裝是讀者向售貨員傻傻的查問：「請問有沒有那個叫梁望峯的書呢？」售貨員說了一句立刻使我喪失鬥志的說話：「我們不賣梁望峯的書。」我的眼睛一定已經通紅了，以致我說「謝謝」時，售貨員的神情也錯愕。步出書局，心在絞痛，書局不賣我的書，意思十分明顯，理由只有一個：因爲有供沒有求，沒有讀者買，進貨也嫌佔空間。

對於一個寫作人來說，我想不到一個比這個屈辱更屈辱的事情。所以在痛苦之餘也眞的好好考慮過：不如收筆放棄，離開吧。這個圈子已容不下我了。

但最後卻是不甘心啊，於是反而作了個極端決定，一不做二不休，拚了老命去寫，拚了老命去提高知名度，同時也拚了老命去安慰自己，過了這一個難關，以後日子便會海闊天空。

現在，我進去那間頗具名氣的書局，在新書架上，總有我的兩三本書放於最明顯的位置，我的舊書也起碼佔了三分之一的書架，打破那售貨員的那一句將我冷冷拒諸門外的話：我們不賣梁望峯的書。

門都給我撞開來了，因爲我吃了閉門羹後，並不甘心如此掉頭而去。

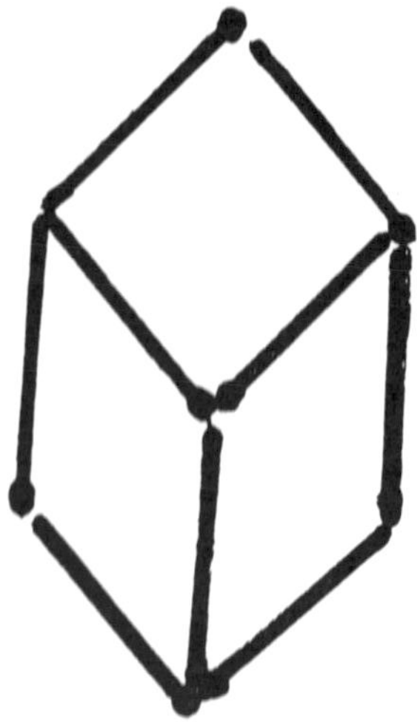

20 頁的答案。

交稿謊言

有什麼比得上沒有麻煩的生活更令自己愉快呢？

每一天我都會說上一定程度的謊話。

不是我願意說的。只是如果說了，可以避免很多麻煩。

有什麼比得上沒有麻煩的生活更令自己愉快？

這次說的，是在交稿的限期，交不出稿件來，而編輯傳呼我，我如何應付過去呢？

㈠驚愕式：「我已經把稿 Fax 出去了！你完全收不到？一定是你那邊的傳真機壞了。我正在街外，稿留了在家中，我會盡快回家 Fax 多一次給你。」

㈡無奈式：「我家傳真機壞了，我正出外找地方 Fax 呢。請等一等。」

㈢必定穿幫式：「我 Fax 的十張稿紙，你祇收到頭四頁？五至十可能遺失了囉。我再 Fax 過來，請等等。」

㈣錯亂式：「我 Fax 了的，竟不是你要的那份？我想我太累了，可能連幾份同時間 Fax 出去的稿調亂了。但不要緊，我很快找回你要的那份給你，請稍等一下。」

㈤惡人先告狀式：「你未收到？那當然，我 Fax 了大半天，也 Fax 不進來呀！你們的傳眞機線路眞是繁忙呢。如果不是，又可能機內的 Fax 紙用完了！我會繼續嘗試的，你也去檢查一下傳眞機呀！」

——當然，那份稿件，根本還未寫。

有了進步

學生也要遵守校規，何況，是出來社會工作的人？

自踏進社會工作，自己由當初什麼都不懂的黃毛小子，頻頻碰釘子，逐漸學習，到了現在，發覺自己眞的成熟了很多，待人處事，比起以前進步得多了。

例如，我初初把自己的作品自薦到出版社，幸運地得到編輯們的召見，在會面時，我是一直垂低頭，一副不敢見人的樣子。因爲，說眞的，我很自卑，跟別人說話，我是永遠抬不起頭的，況且，那時是我第一次踏進出版社，感覺像步上死刑臺般恐怖。當時，對於自己的表現，我不覺得有什麼不妥。但後來有人告訴我，說話時，連看也不看對方一眼，是很不禮貌的，是不尊重對方。我聽完之後，拍拍心口，叫自己振作起來，雖然自己的樣子醜，惟有強迫自己昂起頭來講話，多試幾次，又真的開始有信心起來，總好過以前窩窩囊囊、垂頭喪氣的傻樣子。

有一個時期，我在雜誌社裡工作，在我的工作桌上，擺放了一個貼有女友相片的相框，同事看見了，告訴我，那是不成熟的表現。我想亦對，我是在辦公室裡工作，不應該牽涉太多私人感情，令自己分心，影響了工作進度。所以，我很快便自動改善了。

有人說，待人處事愈圓滑，表示自己愈虛偽，其實也不盡然。學生也要遵守校規，何況，是出來社會工作的人？

語無倫次

在別人眼紅你成功時，自大也是一種保護自己的方法。

當一個人成功的同時，必然會出現很多失敗者。失敗了的人，自然心有不甘，有些不思上進以求再起風雲的，沒有器量的洩瀆方法，就是攻擊成功者，或向外散播其成功是以不正當途徑得來的，如此云云，大有「我不給你好日子過，大家抱住一齊死」的意思。

我不算成功，也有人開始攻擊了，而且似乎愈來愈厲害，於是我眞的好好想過：我該用什麼態度和行動，應付那些可怕的抨擊？

我應該爲了自己的名譽而反擊嗎？又或是，我應該對一切對我不合理的侮辱、挑剔評價，一笑置之？

我眞的很費煞思量地想過。

最後我決定不反擊，也實在無法寬宏大量得做到對一切刺傷我的話置身事外，我決定了——自大。

決定了以後對不喜歡我的人說：這些都是我擁有了的，實實在在擺在眼前，你不喜歡大可罵個夠，但我是這樣子的了，不改就不改，你能奈何？

當然無人能奈何，但自然又多加我一條不可饒恕的死罪：他這個人呀，少年得志，就開始語無倫次了。

語無倫次地說話，竟是經過最深思熟慮以後才敢講出口的。

將自己放在一個唯我獨尊的位置，竟是爲了支撐自己，不想被別人奚落難受至倒下來的唯一振作自己的方法。

失戀

當女友對你諸多挑剔時，她的目的只不過是隨便找一個藉口與你分手而已。

朋友失戀了，凌晨時分約我出來，借酒消愁。

唉，看見他的臉頰完全陷了下去，身體微微發抖，訴說著女友的不是，彼此相處一年時間，一向相安無事，不明白她何以要提出分手，爲什麼不能一生一世。

明知會傷害朋友的心，我還是告訴他：「如果，當初她的生活圈子狹窄，選擇的對象不多，而你是她的生活範圍之中，她覺得你是最關心她、最好的一個。自然，她會認定你是長相廝守的好伴侶。可是，當她的年紀漸長，生活圈子不斷擴大，她開始接觸很多異性，也許，會發現其中一個或多個，比起你的條件更優厚，更合自己心意。這時候，她對你稍有不滿，就會諸多挑剔，甚至會扯上十年前的事。目的不過是隨便找一個藉口，讓自己理直氣壯地離開你。」

朋友痛苦地雙手抱頭，對我說：「我是那麼信任她！」

我歎氣，殘忍點說出來好了：「信任和不信任也好，她見異思遷，會告訴你嗎？當她付諸行動時，你又留得住嗎？」

朋友聽我說完，終於冷靜了下來。他苦笑說，留得住的，只有手上的啤酒罐而已。

我聞言，整個人簌簌地抖起來。我怕終於有天，凌晨時分，是我約朋友出來苦酒滿杯……能不心寒嗎？

疲累

最好的文章，是在無眠夜裡寫下來的。

與老朋友聚首，少不免又互相訴苦悲秋一番。慨歎工作辛苦之外，最教咱們氣餒的，是體力已大不如前了。

老朋友說：「有時工作完畢，就想做些自己喜歡的事情。我想趁工餘進修，或者坐下來寫幾篇文章……可是，一天工作下來，整個人疲累得要命，只想立即上床睡覺。一覺醒來，又是另一個大白天，又要趕著上班了。」

想起以前，當大家還是十五、六歲的時候，都是活力充沛的小伙子，有什麼不能幹？很多時候看電視、玩電動玩具直到通宵達旦也屬等閒，凌晨兩三點也感覺不到一點疲倦，全身好像有用之不竭的體力。而自己又愛寫文章，每在夜深，坐在案前，執起筆桿在紙上塗。最好的文章，是在無眠夜裡寫下來的。

但是，如今出來社會做事，工作壓力是一個很沈重的負擔。壓逼感之下，體力消耗得快，每天下班，已感覺整個人精神萎靡，接近半虛脫狀態。乘地鐵回家，好歹也要爭個座位坐下來，否則站十多個站，隨時可以在車廂中暈倒也非奇事。

也許眞是累了。

然而，還有一輩子的累。

這就是人生。

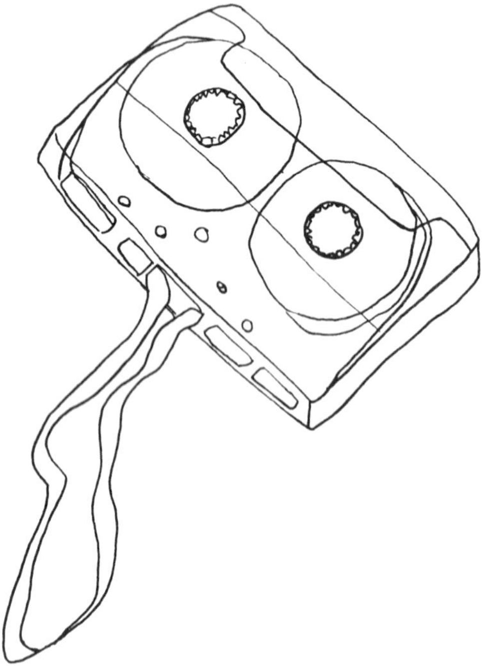

老友要自殺

母親的侮辱，鋒利似關刀；他人的侮辱，大可當耳邊風。

老友嚷著要自殺。

他說的時候，十隻手指，完完全全揷進了頭髮之中，圓瞪著的眼充滿紅絲，神情痛苦極了。

我和他嘗盡了那麼多挫折，都畢竟捱過了，有什麼事情會令他頽喪至如此呢？他將事情講出來，我就明白了。

學業失敗、痛失愛侶、沒有錢吃飯，諸如此類，也是過眼雲煙，或遲或早，一定會解決、會丟淡、會放開懷抱的。有一種煩惱，卻沒有任何解決辦法，只有吞聲和忍氣，那就是母親的出言侮辱。

母親的侮辱，鋒利似關刀，一刀一刀刺進心上，血都流乾了。他人侮辱你，大可當耳邊風，眞的忍不住，大不了揮一拳過去。但你母親，把你生出來，吃她的，住她的，她要潑辣惡毒起來，又要聽她一夕話，就會置你於死地，老友的情形就是這樣。第一次考駕照，失了手，心情已壞到絕頂，接下的一星期內，他媽的侮辱傾巢而出：「某某的兒子，考照一次成功」，「我早就知你不行，爲什麼你當初要去學車」……

雖然愚婦，奈何也是母親。他反駁一句嘛，她把他中學記小過的舊事也搬出來重提，再補上十句新侮辱話。他生氣給她這樣看扁，但自己似乎有錯在先嘛。

就是老友的母親，令老友嚷著要自殺的。

請用三條直線將圖中的七棵樹分開。答案在 44 頁。

快樂日子

學生時代，是最快樂、最舒閒的一段時間，要好好珍惜你現在擁有的。

踏出學校，到社會工作後才知道，學生時代，是最快樂，最舒閒的一段時間。與舊同學茶敘、暢談近況，大家都苦訴著工作的不如意、欠缺挑戰和滿足感、待遇不符理想、難以維持生活等等……然後，再憶起做學生那一段日子，不禁異口同聲地說，讀書時，寫意之極。

以前，身在學校裡，自然是不會發覺的。抱怨的是老師給予太多的功課、考試測驗所帶來的壓力，或者午飯時間不足、校服款式老套等等……。此刻回想起來，總覺得這些怨言，相比起今天，是如此微不足道。學校是社會的縮影，在學校已諸多埋怨，到社會做事，受氣受辱的機會多，面對著複雜的人事關係，同事間勾心鬥角，要怨的何其多？對於很多未闖過江湖的學生來說，你告訴他們世途險惡，危機四伏，學校是一片樂土，他們都不會相信。

不相信，請看看我這羣舊同學，畢業後一年聚首，都發覺彼此的面龐瘦了，憔悴得教人害怕。是未能適應由早到晚忙碌工作，是拚勁，還是壯志難酬，鬱鬱不歡？眞的不知道。

只知道，當大家說起那一套土裡土氣的校服時，大家都有一個衝動，就是再穿一次。

賺錢伎倆

社會上總會有人說一些連他們自己都不能做到，卻要命令其他人做到的廢話！

在電動玩具店玩時，經常有少年在我身邊誠懇地說：「我錢包不見了，你可不可以給我一點錢乘車回家？」（你相信嗎？打死我也不信！）我會不加考慮，給他三元港幣，向他說：「三元應該足夠搭地鐵了。」少年便會露出一臉感激的表情說：「沒關係，不夠的話我會問其他人。」再道謝幾聲，然後離去，不會死纏。

可以不給嗎？當然可以，但誰知道少年下一步會做什麼？他死纏爛打下去，又覺麻煩不已。更慘的是，他一聲不響便轉身走開，你又擔心他在門外狙擊，玩的時候也不得心安，因小失大，何必呢？

那個做法，不過是給人佔便宜，雖然損失的是自己，但So What?他也不過是爲了多騙一點錢罷了。他不是用刀用鎗迫你把錢交出來，反而要厚著臉皮做一場苦情戲給你欣賞，你還想怎樣呢？

也可說，他要求和我被要求，自然是被要求的值得高興。如果我的外表看起比他還寒酸，精明的靠通風報信起家古惑仔又怎會找上門來？至少，我有被要求的價值，想想，也眞怒不出來。

行文至此，可能有道貌岸然者走出來斥責：「你這樣做，無形中長了這種惡勢力的橫行，眞要不得！你應該當場拒絕他，或勸他停止這種詐騙的行爲，或者找警察幫忙，如此云云……。」

我只是個尋求自保的人，傷身害己的事，就由那群道德君子去做好了。事實上，社會上總會有人說一些他們自己都不能做到，卻要命令其他人做到的廢話！

賭錢心態

如果賭得精，賭博也可當職業。

和老朋友豪哥到澳門賭錢，在廿一點賭桌上坐上整天，總算略有斬獲，且在賭桌上悟到人云亦云的說法，但現在被自己徹底推翻，重新釐訂新的理論：

㈠打工的目的是爲了賺錢，賭錢也可作爲職業、賺錢途徑之一，所以，如果賭得精，賭博也可當職業。

㈡進入賭場，莫抱著「不輸等於贏」的心理，來了，就要決心贏錢。但大部分賭客，要賭至身上一貧如洗時才捨得離開，犯了久賭必輸的大忌。其實，賭錢毋須賭得日以繼夜，下注不一定要酌量而行。最好的賭法，就是一次在一家店賭完，若不能重重的贏，就算輸了，便立刻忍住不出手，快離場。因爲一次大勝，永遠騙人入賭局，亦是輸錢的開始。

㈢人們痛恨賭博，因爲賭博是人們所謂的不勞而獲，卻使人隨時致富的事情。腳踏實地的人，收入永遠僅夠衣食，自然眼紅一切比他們更賺錢的人。其實，世上根本沒有不勞而獲的事。就連賭博，也要準備賭本。既然連正經人家、大媽阿嬸都去投資外幣、炒股票，爲甚麼不可以容許有賭錢而發達，歸根結柢，不過是一般人的可憐心態而已。

㈣賭桌上，莊家永遠擁有無上權威，無論你是大贏家，抑或大輸家，也不能違背其指令行事。你贏了，做莊的有權抽取你的籌碼；你輸了，卻一定不能拖欠半分籌碼而再戰江湖；是不公平嗎？不。你坐上賭桌之前，已經知道這是必然會發生的事，假如覺得受委屈，只要立刻離開賭桌，你便不用再受氣了。

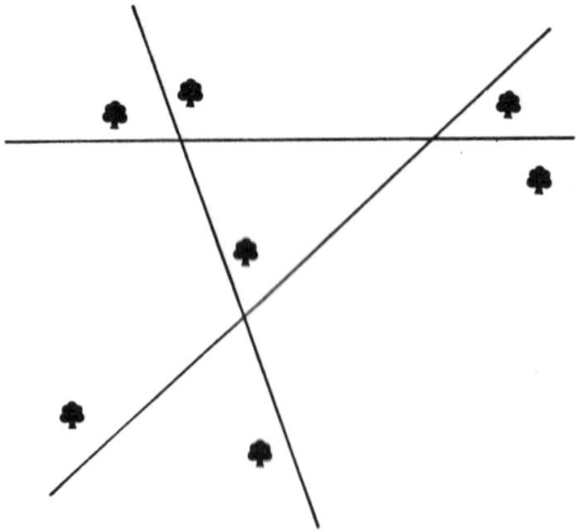

37 頁的答案。

旅遊目的

每人的旅遊目的不同，就只有當事人才知道在過程中自己得到的是什麼。

到外地旅遊的旅客都希望旅行能盡興而歸。盡興的意思，對一般旅客來說，是遊盡各地名勝，到著名建築物前拍下幾張個人照，說明曾遊此地。

可惜，那就變成走馬看花，特別是如果隨旅行團的話，更像趕鴨子，幾個小時車程後，才下車走一圈，便得再出發。結果旅行完畢後比出發前更覺疲乏，收獲是一疊風景照片。

在填寫旅遊目的時，是「享樂」(Pleasure)，到頭來比工作還要累，也不見得是享受。

現在有很多人愛自助旅遊，捨棄遊名勝地方，取而代之是找尋適合自己的玩意，但如果想在短時間內參觀最多古蹟名勝或者從中認識朋友的話，旅行團仍有其可取之處。

有些人旅行的目的是在酒店睡覺，或者走到附近街道逛，吃道地小吃，連四下去張羅禮物也省了，照片也不拍一張，別人便說他浪費機票，花了錢卻不跑去看看那塊出名的石頭，或什麼名人的銅像。

只有當事人知道自己在旅行中得到什麼。

所以，媽媽，請妳不要再罵我了。

我到台灣，只爲了買書，可不是浪費機票呀。能買到一本自己喜歡的書，對我來說才是 Pleasure 呢！

見好就收

功成然後身退，本就是定律。

該結束時且結束，是做人處事的好態度，如工作、悲傷、愛情，死拖下去，身不由己，口是心非，眞會累死人。

最好當然是高峰時引退，還可挺著胸膛說自己風光過，叫人回味一陣子（但不會是一輩子，群衆是健忘的）。再遲一點，到有點撐不下去的感覺時，鳴金收兵之餘還要表示自己光榮的結業，便使人失笑了。

弄清這一點，做起事來便爽快，一就一，二就二，做就做，不做就罷。聲淚俱下說不捨得，咬緊牙關說硬上，都不過是戲，不到山窮水盡誰甘心放棄，無利可圖還死撐下去。長話短說，也不過一句話——見好就收。

見好就收，總算好過給人轟下台，失面子，挫鬥志。想風雲再起，試問又等待何時，功成然後身退，本就是定律。佇立水中央，承受一浪接一浪，除非天生戰鬥性格（或被虐狂），否則便要退位讓賢，還給後來居上者尊稱一聲老前輩；反之，當你淪落時，別人當你豬狗不如，你能怨誰。只能怨自己，阻塞交通，影響市容。

結束得及時，是眞正的考驗技術，若留下了尾巴，令美好回憶白白蒙上污點，就不値得。

寂寞難逃

朋友會把最深深的痛，痛在我別過頭去，轉身離開的一剎那。

當我知道好朋友要離開，到一個陌生的國度裡定居，或者是一年時間，但更有可能是一輩子時，我心裡極難過。

很難解釋離別是怎麼樣的一種感受，與朋友相識了一段不太長的日子，不太常聚首，卻共同因某一樁傷心事而流過淚，訴說過很多不經修飾的眞心話。他要走了，我罔若所失。

朋友問我會不會來送機，我說離別不一定在機場。到那些地方，少不了各人臉上堆著強擠出來的笑容，心像抽離了原位，有一種作悶想嘔吐的感覺。

朋友明白我，體恤我的感受，所以，在臨離開前的晚上，與我吃一頓晚飯，爲他餞行。整個晚上，我只懂苦笑，似乎除了苦笑，沒有什麼表情更能代表自己的心情。朋友在旁不說話，話不由衷的話他不會說，說不盡的話他也不會說，是後者吧，他的眼神告訴我。

臨別時，朋友送了一個鎖匙扣給我，上面刻有「寂寞難逃」四字。我喉嚨哽咽的，向他說句「再見」，沒有哭哭啼啼的道別離。我知道，朋友會把最深深的痛，痛在我別過頭去，轉身離開的一剎那。因此，我不敢回頭，直至轉過了街角，看不見他爲止。

握緊朋友給我的鎖匙扣，我突然明白，即使走到海角天涯，彼此也寂寞難逃……

從沒這般坦白過

就選這一次，把從來沒有說過和不願說出來的心事說完。

朋友，已經收到你的來信了，你說是最後一次寫信給我，因為不想將你對我的印象分扣到零。我看到了，有點心疼，本想寫封信給你，說明前因後果，可是想想，既然你對我的印象極壞，我再努力寫，你也不放在眼內，所以，就選這次，我在這裡寫出來好了。如果你想看下去，就繼續看下去好了；如果不想，可以將這一篇短文，當作通篇廢話處理，翻過就算，我還能要求些甚麼呢？

朋友，你說我每次回信都沒有盡力去回答你的問題，這一點我是承認。不是不想答，而是同一類型的問題，在我書中，已經重複又重複地，答覆了很多次。可能，你一直沒有留意，因此怪罪於我，也因此，到了信末，你說我：「你只是

更一落千丈，每當發成績單，裡面紅字比藍字多，名次永遠徘徊在最後三名內。那時，壓力太大，痛苦極了，想過自殺，最終還是沒有付諸行動，是因爲我得到精神寄託，就是電台夜間播放的一個由楊振耀、盧業媚、黃鐵雄和張麗謹主持，名爲「月光光四人幫」的節目。我偶然聽過一次後，便迷上了，每天按時扭開收音機，似乎每天都是爲這節目而活下去的。

因爲我是他們的忠實聽衆，所以也有寫信給張麗謹，有什麼心事，我都毫無保留地寫出去。每星期，也是一疊一疊寄出，少說也有五、六十頁（也可能，我的寫作技巧和速度，就是由那時磨練出來的），我從來不要求麗謹回信的，因爲我覺得太奢求了，可是，她卻有回信給我，總共三封信，雖然三次都是寥寥幾字，但已給我活下去的意義。當我收到信後的心情，我直至現在，還未能忘懷。那時候，執著那短短的回簡，見到麗瑾的筆跡，我覺得自己已經擁有了全世界一樣。

所以，當我寫作後，自己也收到小讀者來信的時候，我下定決心，要盡己所能，回信給每一位疼我的人，去互相支持、鼓勵和共同渡過困難。

一大疊的來信，要一封封地回，我知道會是莫大壓力，我也知道沒有實際得益。但是，我就是一心以爲，當你們收到我的信時，那種興奮得想跳上半空的感覺，委實和我幾年前的感受，不會有太大差別。而且，如果我是你們活下去的精神寄託，那麼，我更感到，我眞的不枉此生。

可是，這一次坦白，我也同時下了決定。

我的決定是：我永遠不會親手寫信給讀友了。

當然，並不是因爲我有數不清的工作在身，所以忘記了自己當初許下的「來信必覆」的諾言。亦不是因爲我的文章刊出率比以前高了，就變得一朝得志，無情無義，再看不到所有人對我的好。更不是因爲我現在每寫一個字都要收取金錢，我「貴」了，便吝嗇我的筆和紙。

原因是，你們的行爲，一次又一次令我失望。

昨天，我還會幻想，當你們收到我的回信，你們會歡笑雀躍，正如我那段難忘的日子一樣。

可是，今天，我突然覺得心寒，我不能自制地想：

當你們收到一封信，看到梁望峯三個字時，會把我看成什麼模樣!?

我怕你們會說，爲什麼寫了厚厚五頁紙給我，我只回覆短短五行字？

我怕你們會說，我回信時寫的字太潦草，可不可以把字體一筆一劃寫淸楚，最好不要隔行，不要隨便刪去錯字，是不是家中沒有修正液？

我怕你們會說，爲什麼字裡行間沒有了眞誠和熱情的感覺，爲甚麼不像書中的主角迎峯那般憂鬱？

我怕你們會說，爲什麼你們告訴我的心事那麼多，我說我自己的心事那麼少，似乎有意隱藏自己，而且常在信中提著自己的專欄、小說，常在強行推銷自己，回信只是自我宣傳！

我怕你們會說，我們可不可以成爲筆友，請你在一個月內盡快答覆我，你說過「來信必覆」的，你是不是已經忘記了自己的諾言？

面對種種問題，我只有苦笑。

可能你們不明白，當我每一封信回覆短短五行字，每封信寫十分鐘，以每天收到五十封信計算，我每天已經要花上接近十小時回信了。

可能你們不明白，當我好容易在一天內寫完二十四張原稿後，我的字想寫一得潦草一點，隔行寫，寫錯字不用塗改液，就算是一種解脫吧。如果有誰不相信，請試試一口氣寫滿一萬兩千個三分之一吋乘三分之一吋的小格子，看看手指骨節有沒有一種近乎碎裂的感覺。

可能你們不明白，我的感情並不是豐富到滿瀉，當我在文章中施展完渾身解數，文章也同時把我的感情都搾乾了。我本來以爲，寫信只要表現了眞正的自己，也就夠誠懇了。我眞的不知道，你們要求的是如小說般水準的。

可能你們不明白，我根本就沒有什麼心事，我沒有刻意去隱瞞任何事實的眞相。只是當我踏出了校門，我的生命中，除了工作，還是工作。不如你們想像中，有什麼驚心動魄的事情，什麼多姿多采的生活，對不起，根本就沒有，只有工作。唯一的心事，就是怎樣在指定的時間內完成所有的工作，策劃未來的計劃，和賺取更多的金錢。所以我在信中所說的，當然是我的工作了。我知道是枯燥乏味，卻是眞實寫照。以致惹人說我強行推銷自己、自我宣傳，對一個尙未成名的作者來，是必須的。人只怕沒有自我宣傳的條件，不會沒有宣傳自己的心態，如果手上有錢，明天我就在明報登頭版去，整版只有「梁望峯」三隻大字，包保我的小說銷售量劇增兩、三千本。

可能你們不明白，我不拒絕和任何人成爲筆友，也不是忘記了自己的諾言，但請不要抱著「限時抵達」的態度讓我遵守，承諾不是用來利用的。時間又不是我所能控制的，在催促下，我壓力只會愈來愈重。

可能你們不知道，上述種種問題，不過是佔了全部問題的極少部分。

我一直以爲你們會體諒我，原來要求別人體諒，本身已是一種錯。其實，除了我之外，誰會眞眞正正體諒我？

滿腔熱誠，在一次一次無情的打擊下，是會冷卻的。太大的希望，總會換來更大的失望。

與讀者們通信，也會被人指爲有居心、討好女孩子的手段，我已經聽得太多太多了。一肚子的氣，我也忍得太久太久了，所以，爲了避免嫌疑，我決定出此下策了。

從今以後，你們給我的每封來信，我仍親自拆、親自看，但不會親筆回信了。

那種償還過去恩賜的情結，到今天，應該是告一段落的時候了。

最初我以爲，回信是一件很快樂的事。

現在我才知道，我最大的不快樂，居然是由回信引起的。

朋友，你說我敷衍、應酬你，你有沒有想過，對於互不相識的你我，我根本沒有這樣做的必要？

給人誤解，欲訴無從，是世上最大的悲哀。

也許，正如你在信末的一句：「我不會因為任何原因而罷買你的書，因為我分得清楚，我欣賞你的作品，而並非你為人！」

也許，根本，我需要的，就是這種讀者吧。

註：香港學制中，小學六年級畢業後，升入中學，中學唸至五年級（簡稱中五）須考會考，通過會考後方可續讀中六、中七。中七畢業後始可申請大學。

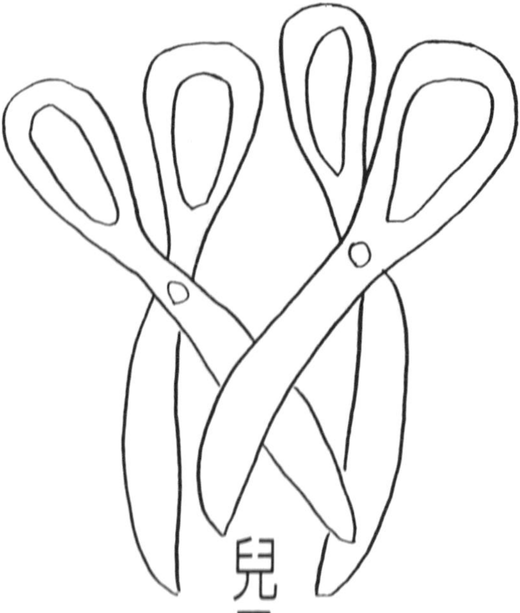

兒子的心聲

比較

父母就是喜歡當著他人面前演說，令孩子下不了台。

父母總愛將自己的子女和親朋戚友的子女作比較。而且專挑子女及不上人家的地方，一而再，再而三的清算，例如某某兒子的薪水比你高，某某女兒的成就比你好，令你無所適從。

如果是家常閒話，孩子尚可掩飾，但事實上多數不是，父母就是喜歡當著他人面前演說，令孩子下不了台。

這個情形我體驗得多，以前我會啞口無言，現在我認爲根本沒有講話的必要。父母把我生下來，自然有權搓我揉我，且更是天經地義的事情。

只不過，身爲孩子的，心裡也會說：如果我父親是香港首富李嘉誠就好。只差在未講出口罷了。

因爲，有些話吐出來，明知會令父母與子女關係變成惡劣，爲存厚道，爲了道德不容許，叫他們忍住了。

刻意對抗道德，碰了個焦頭爛額，也不划算。

口不擇言的，往往是父母，他們說錯話、做錯事，也毋須向子女解釋和道歉，所以愈做愈過分，且有恃無恐。

正所謂，只許州官放火，不准百姓點燈。

只要不是蟻民，官逼民反，是遲早發生的問題。

孩子夜歸

如果孩子是快樂的話，根本沒有考慮過要離開自己的家。

家，是最溫暖的地方。即使多反叛、多放任的孩子，玩厭了，疲倦了，最需要的地方，是一個容身之所，有一個暖暖的窩。

孩子遲遲不回家，請先不要用嚴刑逼供，責罵他們。也許，他們是一時興之所至，給自己放縱一天半天。亦有可能，是他們有太多不開心鬱結在心頭，好想到什麼地方發洩一下情緒。偶爾有這種情況，父母是應該體諒的。

同樣地，孩子也要明白父母的苦心。有時，遲了回家，又沒有預先告知而害父母等門，自然少不免責備幾句。孩子立即大發脾氣，也是很不應該的。想想父母在等待時，每一分一秒都在徬徨失措之中，害怕孩子會發生意外，心驚膽顫。

兒子心聲

聽話的孩子和不脫稿的作者，若一定要我選擇的話，我會選擇後者。

時間很晚了，我沒有回家，坐在通宵營業的餐廳裡，叫一杯飲品，強逼自己專心寫作。因為我知道，在家裡，一天也謄不出一個字來，在臥室總有奄奄欲睡的感覺。寫得太急，肚子便餓，在睡房和廚房兜兜轉轉，又怕鬧醒家人，每次工作至凌晨三、四時，爸爸便敲門，要我早點睡，他始終無法諒解，寫作是怎麼一回事，並不是一般朝九晚五的工作。

接近凌晨三時了，餐廳生意反而比日間還要好，幾乎客滿，全部是一群一群年輕男女，他們三五知己在談笑著，同一張餐桌上有三四包香菸，各人也手執一根，餐廳內煙霧瀰漫，翳悶得使人透不過氣。我想，我是個特殊例子，孤獨一個人坐著，也不抽菸，用手撐著頭，在一本加菲貓筆記簿上，逐字逐字寫出來，也許很古怪。與衆人背道而馳的行爲都是古怪的，對於他們，我也感到奇怪，我在想，他們爲什麼遲遲不回家？他們的父母不會擔心嗎？他們是不是出身破碎家庭，與家人關係惡劣，不回家是種報復手段？現在治安不好，萬一出事了，最難過的是誰？每個人嘻嘻哈哈的背後，總藏著一個不很愉快的故事吧。

一直用力把雙眼撐開來，很想回家去，也許眞有點累了。我知道爸爸媽媽擔心我，我也想做個早歸的兒子，可是，聽話的孩子和不脫稿的作者，我只能揀一樣，我會選擇後者。話雖如此，每次回家，見到媽媽留在書桌上的便條：「記得喝了燉鍋裡的湯，很有益的」，我的心便沉到最底，對自己說，總有一天，我要爸媽爲自己兒子的成就，感到引以爲傲！

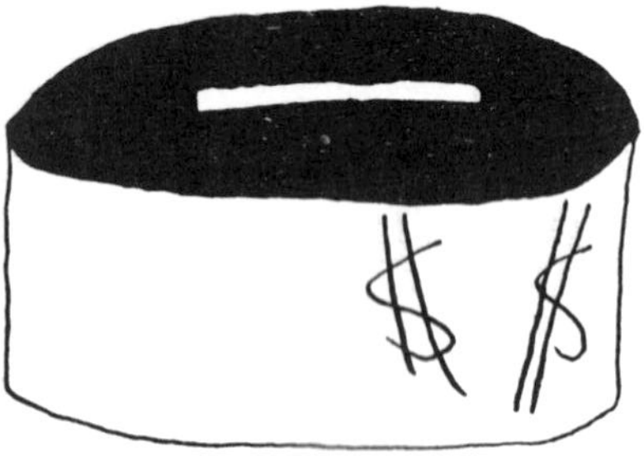

名牌球鞋

我一生中第一雙名牌球鞋是爸爸送給我的。

自小家教甚嚴，爸爸教我的：不是必需品，不應花錢購買。所以，一向不崇尚名牌子，隨便披一件T恤、牛仔褲，腳上穿著白布鞋（俗稱白飯魚），就可以出門了。從來不覺得購買港幣二十五元一雙的白布鞋是寒酸，反而覺得這種便宜、普通的球鞋樸實而耐穿，對幾百元一雙的名牌球鞋，有難以言喻的抗拒感。

但是，某夜出外吃晚飯，我們一家四口路經商場，恰巧有鞋店大減價，爸爸見我的白布鞋穿得快變成黑布鞋了，而且鞋底也磨蝕得快要穿破了，便叫我選一雙新的，我看中了一雙與腳上同一款式的白布鞋，爸爸卻向名牌球鞋那邊指了指，立即吩咐售貨員給我試穿，我立刻呆了，爸爸對我說：「那個牌子的球鞋，穿在腳上很舒服喲！」

弟弟在一旁接口說：「是呀，那個牌子，有方格形蜂巢避震系統，穿了可以跳得高！」弟弟一向穿慣名牌球鞋，所以一看型號，便知道它有什麼特別之處。

「你在講什麼！」我笑弟弟：「買一雙五百多元的鞋，就爲了跳得高？我可不可以穿了去參加奧運跳高比賽？」

弟弟也笑。「可以，可以！」

爸爸說：「弟弟都穿名牌，沒理由虧待哥哥的！而且一天穿鞋要穿十幾個鐘頭，這個錢不可以省。」

我很明白爸爸的苦心，最後他送給我一生中第一雙名牌球鞋。心裡除了感謝爸爸之外，還不停的盤算著：五百元可買二十雙白布鞋，一雙白布鞋可穿兩個月，那麼，這雙名牌球鞋一定要穿夠五年才不蝕本。一定要！

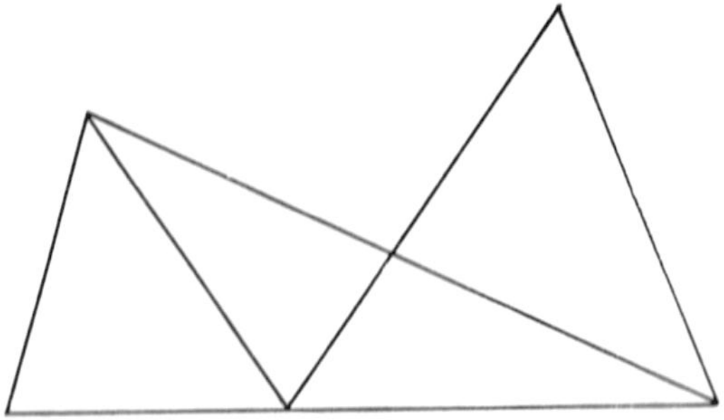

圖中共有多少個三角形？答案在81 頁。

自卑感

當一個人有了自卑感，也就是毀滅了自己。

自卑感的形成，以生理缺陷為主，社會性因素則次之。社會性因素是指學歷、貧富懸殊等。如果自覺與別人差距太大，陷於孤立，就會形成煩惱。由於不願向他人傾訴，自卑感便會在性格上紮了根。對於就讀的學生來說，最大的自卑感，莫過於學業成績成績不理想。

本來，學業不理想，勤奮一點，下次考試爭取更好成績，不就行了？可是，問題往往出自學生的師長、父母和同學身上。

考得不好，老師認定你是成績低劣的一群，自然會不客氣地處處針鋒相對，有時溜出幾句「無可救藥」之類的偏見字眼，學生當著全班同窗面前被侮辱，打擊太大了。

在家中的父母，對子女期望過高。成績單上稍有差池，他們動輒便是一記耳光、一番責罵，心靈脆弱的孩子，怎樣承受得住？

有些學校，同學之間明爭暗鬥，高材生根本瞧不起成績差的學生，認爲他們沒有競爭能力，排斥和孤立他們。受到同窗們的輕視和卑視，自己的成績又不爭氣，會有多絕望？

終於，成績欠佳的學生，本身仍有的一點點自信心，在種種壓迫之下，都會徹徹底底崩潰下來，且更會經常自卑，失去了對學業的憧憬和希望。

不可不知，當一個人有了自卑感，也就是毀滅了自己。

不要以爲我眞的睡著了

打在兒身，痛在父心。

你不但氣得歇斯底里，而且又扯上十年前那一筆舊帳，簡直不可理喻。廚房就在不遠處，我唯一想到就是衝進去取菜刀，一刀一刀的砍在你身上洩憤。只是我忍住了，任由你手上的藤條一下一下抽打在我身上。我抱著頭縮在角落，全身冒起摧心扯肺的痛楚，不禁抽搐著，無法不哭。不知持續了多久，不知怎樣捱過的，當你打得手也倦了，留下一句「垃圾」便掉頭走了。

晚上睡得不好，手臂與膝頭的瘀痕仍隱隱作痛，然後你靜悄悄地走到我床邊，我無法不以均勻的鼻息佯裝自己睡得像頭豬，讓你連一句言好的說話也無法親口對我說。我就是要你懷著悔意入睡，在精神上折磨你一下也是好的。你停留了一會兒，替我半掩吹進大風的窗，房間就這樣靜下來，靜得連一根針掉下都聽得見，那種感覺叫人害怕。

我不安地微微側身，把被窩更貼緊自己，你卻像冤魂般始終不肯離去，進廚房取菜刀的想法不知怎地又在我腦中盤旋，我不以爲自己有需要成爲弒父的兒子，可是我眞的有這個衝動。然後我聽見那一下低沈得幾乎聽不見的嘆息，你彎身在我頰上親了一下，那扎人的鬍根和黑人牙膏味道的暖暖濕潤，使我有點厭惡，卻是更大的心甜，突然我想對你講一句對不起，無論今天爭執的源起誰錯誰對都好。可是我說不出口，也根本不能說出口，我是個熟睡了的人，應該感受不到行動上的關心。明早註定我們又有爭執，也許是爲了一塊麵包，或者是我的小貓，但不要緊，我知道我不會傻到眞的取菜刀，你也不會捨得打死我，我們的父子關係就這麼令人發噱。

離家出走

當你體會到天下雖大，卻無處容身時，就會覺得家是最溫暖的。

我十四歲時第一次離家出走，才知道這個自己由小到大憧憬著可能發生的反叛行爲，其實不如想像中那麼刺激好玩，且更是一種很大的折磨。

離家出走——小學時代已想過很多遍，因爲自小學業成績一直不好，每次發成績單也是我的苦難日，回家鐵定給父親用藤條掃得滿身是瘀紅的傷痕。但那時年紀小，那大膽念頭只是想想而已，那敢實行。

後來升上中學，膽子也大起來，有次跟父親爭執，他盛怒時叫我滾出家門，我求之不得，匆匆拾了幾件衣服，在父親目送下離開家門，心裡不知有多雀躍，以爲從此脫離苦海了，我會自力更生過活，如脫韁野馬般自由自在。

只是，在街上遊蕩了半天，晚上天氣轉涼，我的憤怒也平息下來，身體疲倦了，自自然然想回家去。

可是，我總不能如此的回家去，礙於顏面，我已經有家歸不得。我在尖東海旁的石堤上，捱著冷，露天睡了一夜。

第二天，我漫無目的地搭車到新界，呆呆地轉車回市區，深夜我偷偷橫臥在巴士上層的後座卡位上，隨尾班巴士回廠，以為可以好好一覺睡至天亮。可是，凌晨三時左右，清理巴士的人員發現了我，把我趕出了車廂。我揹著背囊，在街上沒氣力的向前踱，才知道天下再大，無棲身之所的感覺是如此淒涼。到第三天早上，趁著父親上班，我回了家。

當晚父親回來，見到我，不敢責罵我半句，當什麼都沒有發生過，對我的態度比以前溫和，令我覺得自己很不孝，他應該毒打我的，可是他沒有。

有苦自知

無論媽媽如何令你生氣，她還是最愛惜你的一個。

我的房間永遠是一片凌亂，書桌上是堆積如山的原稿紙，書架上的書不時取出來參考，用完之後就放到地上，整個房間表面上是一塌糊塗，其實每一份稿件、每一本書放在什麼位置，我都記得清清楚楚。

但是，有時回家，進入自己的房間，會感到眼前一亮。案前、地上的書和紙都統統不見，一切都整齊得不得了，就知道媽媽曾替我執拾過。

看著一塵不染的房間，心裡對媽媽不是不感激的，可是也覺得啞子吃黃蓮，有苦自己知。

坐下來，拉開抽屜，一大疊新舊的原稿紙夾雜在一起，百多頁厚的小說稿件、未用過的稿紙和散文稿件疊在一堆。苦苦分類之後，才驚覺小說的第四十三頁不翼而飛了，立即焦急起來，祇有急急問媽媽：「媽，我的小說第四十三頁原稿紙丟哪兒啦？」「我將所有原稿紙放在你抽屜了！」媽媽瞪大眼看我。

「但是我找遍了也找不到！」「多找幾次啦！」媽媽咕噥。

「找過很多次啦……」我的聲音低下去。「不會吧！是不是本來就已經不在桌上？」媽媽理直氣壯地猜說。

說到這裡，我宣布投降。還是走回房間拿起筆桿，依著前文後理，重寫第四十三頁。辛苦之情，慘過撰寫新稿！少不免對媽媽怨聲不絕，直至她端來一碗清熱下火的西洋菜湯，我才息怒。

害了孩子

孩子要的，其實是父母親的體諒，而不是一面倒的期望。

父母對子女期望甚殷，會對孩子構成很大的心理壓力。

每年一次考試完畢，成績派發之日，孩子整個人簌簌的抖，從老師手上接過成績表，一看之下，如果自己考得不理想，孩子會是第一個大失所望的人。他們也會自責、也會內疚，覺得自己對不起父母師長。也會痛心，自己爲什麼考出如此差勁的成績，眞正付出努力，換取了目不忍睹的成績。

除非孩子是個無知無覺的植物人，否則，在接到成績表的一刹那，心裡已經夠難受了。但是，他們隨即會想，今天放學回家之後，遭遇到很嚴厲的懲罰、責罵和毒打——考試失敗，是一個打擊。父母不體諒，這個打擊才是最致命的一擊。

孩子當然不敢向父母表白心跡：「我考得不好，但我曾努力過。」即使，孩子想把自己的感受說出來了，反觀父母，可以接受及繼而體恤孩子的，又有幾個？

每一位父母，都會對自己的子女有期望。但不是每個孩子的資質都可達到父母心目中的要求。無論孩子是天才還是普通人，一樣是自己的孩子，是嗎？對他們期望過高，只會害苦了他們。在心理壓力的籠罩之下，孩子絕對拼不出好成績來。

孩子要的，其實是父母親的體諒，而不是一面倒的期望。

71頁答案：圖中共有7個三角形。

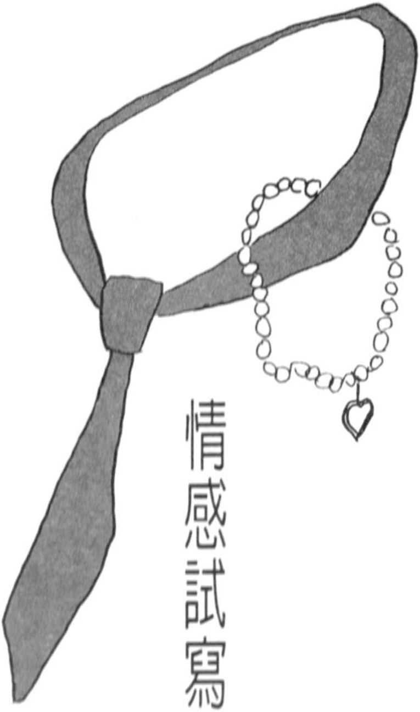

情感試寫室

凌晨四時

電話是一種很可惡的東西，可惡不在於它不實用，而是在凌晨四時想使用，它卻用不上。

凌晨四點鐘，我仍沒有睡著，覺得整個人只能容納空虛似的，這種感受太難耐，想打個電話，但我可以打給誰？

原以爲女朋友是最親密的一個，但礙於這種虛幻的親密，恐怕因一次錯誤的做法而將此虛幻關係分解。也由於實在疼她，做不到驚醒她的好夢，那七個熟悉得可以倒背出來的電話號碼，反而無法打出。

就是找一個朋友也好。但，我只有一個說得上心事的朋友，很老朋友的那種。我知道，他不會介意，但他家裡只有一個電話，放置在客廳中，我如此一鬧，等於叫醒他全家。我知道他不會在晚上致電吵醒朋友全家，所以我也不會這麼做，我倆都是談父母色變的可憐兒子。

除此之外，我已經想不出，可以打電話給誰了。我才發覺平日令自己生活充實起來的人，到凌晨四點鐘這一刻，也根本只是路人了吧。

也許凌晨四點鐘，一個人就是一個人了，別無其他。我不屬於誰，誰也不屬於我，我就只有一個人坐在書桌前空虛。

突然覺得電話是一種可惡的東西，可惡不在於它不實用，而是在凌晨四時想使用它，它卻用不上。

如此這般想你

也許我是傻，但到底妳不應笑我，妳畢竟也是歌詞中的女主角。

這陣子我愛上了「如此這般想你」這首歌，因爲覺得每句歌詞都是我的心愛，所以日日夜夜不停地重複又重複播放這首歌。

書房內的電話，很久沒有響過。如果電話不響，眞是一種悲哀，因爲和沒有電話沒有差別。難受的是明明有一個電話在身邊，就難禁有滿滿的一窩期待。我想把它擱起以便忘記妳，可是又怕妳找我時找不到。

「其實是我幻想得到太多，還是妳從不想我太多，然而我這樣傻，如此愛玩火。」

終於等到妳的來電，妳匆匆交待了自己的近況，妳有十萬個理由要掛電話。

我要求妳在電話裡陪我把「如此這般想你」聽一次，當我告訴妳，我太像歌詞中的男主角的時候，妳只笑我傻。我沒有作聲，也許我是傻，但到底妳不應笑我，妳畢竟也是歌詞中的女主角。

在播歌的分秒內，妳我都沒有說話，直到歌聲停止的時候，妳就說再見，我也乖乖放下電話，只是整個人有點失落而已。接著又按下ＣＤ的 Program 鍵，Set 了二十次重播……

「如此這般想你，如在日夜自欺。」

癡情的人，就是這樣的了。

傳呼

讀出一組數字，等於付出一個希望。

已經習慣傳呼妳而妳卻不回覆的生活。

讀出一組數字，等於付出一個希望。坐在電話機旁等呀等的，感覺整個人漸漸枯乾，再一連傳呼妳三次，以確認我的等待，也確定妳的重要，最後只證明妳將我和其他人一視同仁，證明了我不被重視。

傳呼器是一種很使人徬徨的東西。一組電話號碼，一個重要口訊，就這樣毫無隱私地交由陌生人傳達。我極不喜歡被人當作一個數字，可是我還是願意對妳一次又一次屈服。可是，沒有想到，結果竟會如此叫我心涼。

漸漸我意識到，我呼叫妳是一回事，妳回不回覆又是另一回事了。兩件事情，兩者是沒有相干的。我只不過是永恆地找不到一個人去好好的談話，想找妳，和妳談兩句而已。後來我終於找到人說話，那就是我倆之間的第三者——傳呼台的人員。而對於妳，我已經和妳一天一天疏遠下去了。

當我孤獨的時候，我總找不到妳。當我習慣了孤獨的時候，我發覺自己不大需要妳了。

做妳的所謂親密男友，竟比不上做妳隨身攜帶的傳呼器。如果我說不介意的話，妳最好不要相信。

如果妳眞的相信了的話，我想妳也不會介意了。

等妳回到我身邊

我寧願是妳的玩物，也不願是被妳遺棄的一個。

面對自己最愛的女孩子，我是不是該安靜地走開，還是堅決地留下來？自己愛的人不再愛自己，我失戀了。再沒有人願意和我共同進退。如今踽踽獨行，走過每一條空街，依然記起妳我挽手共行的日子，然而，機會還有嗎？

一直好想告訴妳，我捨不得妳走。妳明明知道我怕冷，也只有妳的嘘寒問暖才使我感受一點點溫暖。可是妳這樣無聲無息地捨我而去，和暖過後的心窩如入冰窖，妳偏偏不願回頭看看我是否在哭泣，是不是連妳都要忘記我呢？

自己在乎的人都不再在乎自己了，這種滋味，絞痛噛心，胸口的痛，我如何能說得清楚？有時，我寧願自己是個無知無覺的植物人，或者，寧願自己是加菲貓。起碼，妳疼它，妳會把它放在妳的床頭，陪妳入睡。我寧願是妳的玩物，也不願是被妳遺棄的一個。

沒有妳的日子，不知道怎樣度過才好。飲一杯淸水都可想到妳，望著電視也痴痴想起。我的生活依然充滿著妳，因爲當妳闖進我生命的那一刻開始，我自己已經不是自己，卻有妳在裡面。現在妳要走，同時帶走我的一半，而且，是快樂的一半。傷心的另一半，就讓我獨嘗。

往事依稀，故人未忘，沒有人能夠塡補妳的地位。

是的，我未忘情。然而，我雖未忘情，情不予我又奈何？

許多個日子以後，我仍會懷疑：我和妳，已告一段落了嗎？

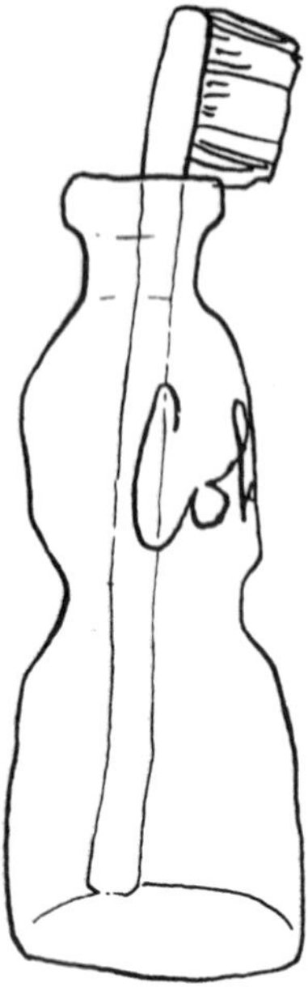
Cok

何必說緣

要離開的終究會離開，多說一句只會徒添幾分傷感。

年紀還小的時候，很喜歡說「緣」這個字。現在，想也不想了。反正我知道，要離開的終究會離開，多說一句只會徒添幾分傷感，何必？

五月的雨來得好狠，一滴一滴打在窗台上，彷彿帶著一點痛的感覺。於是，我想，如果可以狠狠的放棄妳、忘記妳，或者，我亦可以從心底裡抽離那一份痛的感覺。

我說很想走，認識我的朋友都問我，要走到哪裡？逃無可逃，避無可避，更重要的是我如何捨得妳。但我沒告訴他們，我心裡已經很灰很灰很灰。

所以，別驚訝，可能有一天，我會毅然放下這裡的所有所有，再沒有絲毫的眷戀，跑到一個很遠的地方，過一種新的生活。

以前，我很喜歡顧慮很多很多，過去、現在、將來，一些很無聊、很瑣碎的事，我會很認眞，煞有介事整天呆想。但到現在，不想再想了，反正，許多事也非我所能控制的。

朋友對我說，我是很容易發脾氣的，而妳，卻總是肯讓我的。他們說：妳讓了我十次，即使是要我讓回妳一次，我也賺了九次……雖然，他們一直都不喜歡我們在一起，但在最後，他們仍是會站在我身邊扶持我。能夠有這樣的一群好朋友，我想，我是無憾了。

至於妳，我不知，究竟還能否留在身邊，或者，妳對我失望，我對妳灰心，又是遲早會發生的事。如果每一次戀愛都又換回痛苦與分離，那麼，我不再需要「緣」……

把愛退回給我

我不求妳留下，但如果要去，請去得完全。

愕然地收到妳的掛號郵包，戰戰兢兢地簽收，然後從郵差手上接過。沉甸甸的，不知道是什麼。關上大門鐵閘楞了許久，像透了電影中的慢鏡重播，似乎不敢去迎接再一次的打擊。

把郵包上的繩子一圈一圈解開，我的心卻縛得緊緊的，到底妳寄給我什麼？我希望自己的猜測錯了，可是，當我繞到最後一圈時，我終於放棄了自己的堅持，面對現實吧，我會猜錯嗎？除了錯以爲愛是永恆不朽以外。我心裡有了準備，到眞正把郵包內曾經給妳的信、卡，和那所謂定情信物的紫紅色玫瑰心型鏈墜拿出來時，也就沒有太大的悲慟了，不過煞有介事地咬痛了自己的下唇吧。

妳還寫了一封短信給我，除了在字裡行間有溢於言表的埋怨以外，更說我沒有熱烈追求過妳。我倆不是好好的嗎？我是沒有熱烈追求妳，但每天送紅玫瑰和小禮物就可以使妳快樂嗎？我不是用全心全意的關懷和呵護彌補了我的不足嗎？如果妳仍嫌我些什麼，爲什麼不早對我說？也許，有別的男孩「熱烈」追求妳，妳才對我諸多挑剔。如果是這樣的話，妳遲早都會走，我不認爲值得挽留。

這次妳眞的傷了我的心，妳用七元二角郵票加上九元掛號費，把愛退回給我。付出了的就不要求收回，我不求妳留下，但如果要去，請去得完全。忘記自己不如忘記妳，不要把太多的過去帶到我的未來，不要令我連明天都沒有……但願妳懂。

想哭何必要理由

學會織夢，人才會活得容易。

攝氏五度的夜，走在海旁吹海風，淒冷得連平時熙來攘往的人車都杳然無蹤。整個海濱剩下我一個人，一陣被遺棄的感覺湧上心頭。按下Walkman的播放鈕，從頭到尾播出悲情調子，似乎早有預謀要使自己憂傷得死去活來。然後，凜冽的海風颳過，耳邊的樂聲在響，不知怎地索索鼻樑兩側滑落。趁著四周無人，索性肆意地哭過痛快，跟著又趁著四周無人，收乾眼淚鼻涕，挺著胸雄赳赳地迎風佇立——曾經編過這樣的童話：有一個女孩趨近面前，柔聲地慰問，你有什麼不快樂？你爲什麼在哭？在這個人情比攝氏五度冷的世界裡，你冷不冷？

——童話終歸是童話，想想而已，但請容我肆無忌憚地妄想著。「學會織夢，人才會活得容易。」我這樣說你可明白？美夢能夠實現的不會多，不要把期盼變成一個負荷，寧願把它摻進殘酷的現實裡做一個平衡心理的掛鉤，否則活得不耐煩時怎麼辦？

一年中很少有攝氏五度的夜，人生沒有多少個一年，想笑不一定有機會，想哭不一定有理由，一生人總有一兩天無需闡釋的叛逆日子，放肆之後我自然會做回父母眼中的乖兒子，做回老師眼中的好學生。哭笑不得的日子很難捱，但願你們明白我的心，讓我憑著寂寞去做一些可以原諒的傻事，只此而已……

活得開開心心

人活在世，無論貧或富、順境和逆境，最重要還是活得開開心心。

「開心就好！」

再見舊日女友，雙方終於有機會坐下來敍敍時，在那短短的一個多小時內，我對她說得最多的，竟是這一句話。

過去她與我一起，不快樂的時間居多。當一段感情由濃轉淡，雙方都找不到對方新的好處的時候，磨擦便越來越頻密了，原本眼中的優點也變得越來越普通了。當我們由戀人變成仇人之前，不知是誰首先提出，誰又求之不得的答應，我們選擇了分離。

事隔一年再碰面，我本來打算要多講點眞話，假話客套話可免則免，但可能礙於自尊心作祟，我才剛開始提及自己，便好自然地將自己的生活盡量美化了。事實上不開心的，我說自己很享受；實際上還過得去的，自己夫復何求；炫耀自己的同時，我問心無愧。

同樣地，她也將自己的世界塗成人間天堂，我未能辨別眞假，只是在每次細心聆聽完她的一則愉快事，都替她衷心高興，衝口而出：「開心就好！」人活在世，無論貧或富、順境和逆境，最重要還是活得開開心心。我們離開對方，還不是爲了尋找更開心的生活？她說她快樂，我也覺得快樂，可惜，問題是，她會不會像我一樣是爲了向舊日愛侶逞強而刻意說個開心的故事！

我有點懷疑，但沒有追問。

我憑什麼去問呢？

婉拒．心儀

心裡明明是喜歡你，但恐怕跟你說後，連朋友也做不成，那是多麼可悲！

其實我很喜歡妳。

不過，我不會在妳面前，說出一句傾慕的話。

因爲，我知道自己一時糊塗的決定，貿然向妳說聲：喜歡妳，妳口中或會婉言拒絕，心裡……或會暗罵我不自量力。從此，妳對我有了戒心，我見妳也覺尷尬，連朋友也當不成，那多麼可悲！

我不想令我愛妳的夢幻滅。

因爲，我明知妳會說：不可能。

就這樣，連我在完美的幻想中，與妳相戀相愛的幻象，也會隨著妳簡簡單單的一句話，心痛地破滅，碎得徹徹底底，連一點點淒美的憧憬也撿不回來。

因此，讓我保留那一句喜歡妳的情說，直至永遠永遠，直至我能夠說服自己，我不再喜歡妳。

直至那時候，或者妳在說完妳的男友、妳的生活，大家談得投契、愜意的時候，我或會擠眉弄眼，帶著揭自己隱私的表情在妳面前笑說：

「其實我曾經深愛過妳，妳察覺到嗎？」

妳或許同樣笑說：

「不可能吧？」

沒有不可能的事，只不過不懂愛該怎麼付出，所以錯過任何機會，守口如瓶罷了。

其實我……真的很喜歡妳。

說給妳聽，妳信嗎？

以前趕不及眞心愛妳，現在只有將剩情殘留在心裡。

時間還早，不能入睡，翻出妳的信一封一封在看，每字每句都溢滿了情意，都是妳手寫妳的心，將愛遞送給我。慢慢的揭，揭起昨日小片段，才驚覺妳是那麼疼我，疼得我心都痛了。說起來，很多個雖生猶死的日子裡，是妳庇護著我的，或許，妳知道妳一鬆手，我會像斷線木偶般栽倒在地，怎麼也沒力氣爬起來，所以，你把我捏得牢牢的。只可惜，我當時沒有會意過來，總又認爲妳有意把我據爲己有。一生都扼殺在妳手中，我會甘心嗎？

於是說了太多令妳傷心的話，讓妳陷入重重疑團。單純的妳開始懷疑自己的重要性，我又盡我所能地背叛妳，務求使妳哭了我才滿意，這是什麼樣的一種心態？我是太任性了吧？還是當時少年無知，管不住自己？

今夜翻開妳的信，信中妳寫的幾句：「你只能說我不懂得愛你，但一定不是我不愛你，你明白嗎？」爲什麼當時看來刻意經營的幾句話，此刻再看，我居然感動得哭了，哭得像個被欺負的小孩子。妳的情深意切，誰說我不明白，誰說我不在乎？說給妳聽，妳信嗎？我比誰都在乎妳用不在乎的態度對待我，眞的。以前趕不及眞心愛妳，現在只有將剩情殘留在心裡，沈重地壓著。這個不眠人的一點點難受，說給妳聽，妳信嗎？

今夜妳會不會來？

在妳曾經踏過的路上，儘管沒有了過去，也還有我。

今夜妳會不會來？

明知妳要走這段路，星期一、三、五都到補習班將勤補拙，我就在熟悉的地方等妳經過。這段路人潮川流不息，我不過是一心想找尋妳白皙的臉龐，然後藉著熙來攘往的人群，避過妳不經意的眺望。繼而在萬頭鑽動的空隙中，容許我的視線牢牢地陪妳走這一段不太長的路程。

我一直佇立在街頭燈柱之下，不走近妳，也不騷擾妳，是怕讓妳察覺我在淡黃街燈映照下暴露出來的蠟黃的臉。其實我不是那麼不堪一擊，不過是有點惦掛妳，想見一見妳，所以就來這裡等妳了。香港有多大，見一個人有多容易，我無必要憑空想像妳的近況是好是壞，來這裡一趟好了，事情就這樣簡單罷了。不是不敢出現在妳面前，只是不想任由妳揣測我有任何再續前緣的意圖——這樣說妳懂嗎？只要妳過得比我好，妳懂與不懂又有何重要呢！

妳仍沒有來，要遲到了。妳是不來了嗎？還是不再走回這條舊街道，選一條我不熟悉的新路程去了？也許對妳而言，妳是有選擇權利的。而我呢，我仍徘徊於這熟悉的街中等妳。如果妳也感覺到的話，可不可以讓我看見妳風采依然地來，讓我滿心欣慰的去？

在妳曾經踏過的路上，儘管沒有了過去，也還有我。

嗯，最愛，今夜妳會不會來？

我要等下去嗎？我的確無法忘記妳……

劇痛在心口難開

噩運選中妳時，躲也躲不掉，一切都是命中注定。

我和她坐在醫療所的長椅上，等待著她的化驗報告。她緊握著我的手，我感受到她全身都繃緊、顫抖著。彷彿過了很久，醫生接見我們，神情凝重地說出化驗結果，證實她患血癌，要立即動手術，否則，她不會活很久。

一時間我胸口像遭到重重的一擊，待定過神來，卻仍要佯裝鎮定的溫煦笑臉，拍著她的背，盡力想說一些話去安慰。可是自己的喉嚨已哽起來，半點話都吐不出。她看見我一副硬繃繃的歡容，反過來開解我：「至少我也可以動手術，總好過醫生就這樣告訴我：『妳還有半年命，沒有救了，什麼都不必做。』可以動手術，就是有痊癒的機會，是嗎？」

我在她旁邊，怔怔凝視她，眼睛紅起來，艱難地點了頭，我還有話可說嗎？癌症，聽也聽得多，愛情小說也常常沿用著這種煽情橋段。本來以爲是遙不可及的事情，刹那之間發生在親人身上，才明白這世間真的什麼都有可能發生。看似不相干的，犯不著擔憂的，原來近在咫尺。選中你了，躲也躲不掉，一切都是命中注定。

只是，天意何必偏偏選中她？不是說好以後的日子要一起並肩走的嗎？現在，機會還有嗎？……

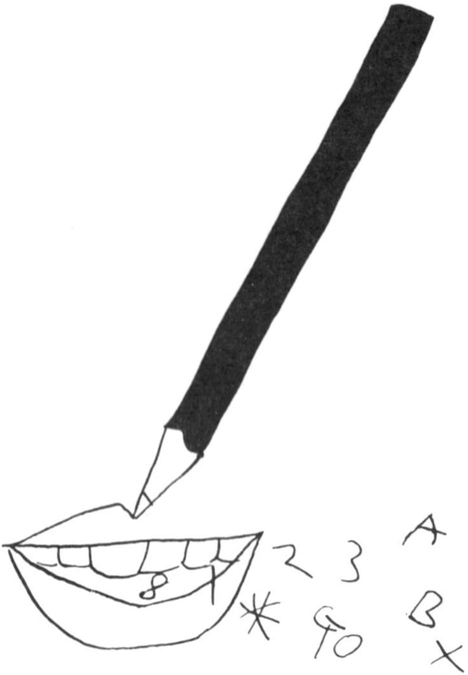
2 3
A
8
B
TO

等妳等到我心痛

一廂情願地付出，等於走進無法自拔的深淵。

等妳一夜電話，妳始終沒有打來。

因爲眞的愛妳，才無法容忍妳再一次的失信。灰心使我起了變異的慾望，但還是意料到，即使灰心成怎樣都好，我還不是要愛回妳。

也許如妳所說，妳總有令我再愛妳的辦法。妳彷彿是塊磁石，而我不過是一枚小小的鐵釘，逃到哪裡，一樣被妳吸引過去，無可抗拒。漸漸的，我習慣了孤獨，提不起勇氣反對，比一隻引頸守候主人回家的狗還要忠實。

爲守一個電話，我不斷做著夜的孩子，有時傻到責怪自己，是否自己做錯，尤其當我淋浴，或在浴室裡逗留了一段短時間，妳的電話會不會已經來過了？而妳的聽筒發出長鳴聲音的時候，妳會不會懷疑我與其他人在談話？雖然我只是迫不得已的擱起了電話。

於是很多個夜晚，不眠不休的寫作，卻不是因爲努力，而是在等候妳的消息而已。

痴情換來什麼，這個我好淸楚。一廂情願的付出，等於走進無法自拔的深淵。愉快在於，不是被迫的，是自願的，能夠做自己自願的事情，已經太好太好了。

所以一夜一夜的等下去，不歇不息地等。

失眠藥

死訊

妳不可以死，妳死也沒有問過我，我不讓妳死！

就這樣妳去了。

接到妳去世的消息時我在趕稿，接到消息後我仍需咬緊牙趕完那份急稿，填滿了足夠格子，傳眞到報社以後，我整個人難再支持下去，呆呆坐在書桌前，凝視桌面玻璃壓著的相片中的妳，撫摸相中妳的臉，好久，在迷迷惘惘的精神狀況下像猛地遭到重擊，待回過神來，才能確定妳去了。

妳已經不在世上了。

一下子，叫我怎麼能接受呢！

我記得上次通電話，妳說妳的病已接近康復階段了，差不多半年後，妳就可以回來香港，可以回到我的身邊來，言猶在耳，我正滿心歡喜倒數著妳歸來的日子，可是爲什麼，好夢都是難圓的，妳永遠不能回來了。

我很想到門外走走，想買一包香菸，想狠狠地抽菸麻醉自己。可是時間已是凌晨二時了，我不想驚動家人，所以打消了這個念頭。我只有縮進被窩裡，想起過去與妳的種種，然後我就不斷流淚了。

要爲妳做的，能夠爲妳的，我全部都做齊了。唯一祈求的，是妳能早日痊癒，平平安安地回來。然而，努力了整整一年，妳的病情突然惡化，無聲無息便去了。

記得不知是那套電影或電視的對白，男主角對死去了的女主角說：「妳不可以死，妳死也沒有問過我，我不讓妳死！」

如果我也對妳說：我不批准妳死！妳會不會聽未來老公的話復活過來？

如果妳能聽見，不要笑我傻。

剩下一天

生命的開啓獻給妳，生命的結束當然也歸還妳。

時常假設，如果自己只剩下一天的生命，我會幹什麼？

首先想到妳，是妳；唯一想到的，也是妳。

是妳是妳是妳，才讓我此生不枉過。生命的開啓獻給妳，生命的結束當然也歸還妳。

不會告訴妳一切因由眞相，我會編造一個小謊話，告訴妳，我將會離開這片令我又愛又恨的土地，去尋覓自我烏托邦，去那一個不知名的國度，生活一輩子，永遠不再回來……

然後當我撒完一番動人之謊言，就會深深地祝福妳一句，向妳講一句珍重，毅然轉身離去。

一切都是開開心心，充滿希望和生機的。妳會勉勵我要努力，我答應妳會堅持……但妳從不會察覺我傷心落淚的傻樣子。

能夠見到妳最後一面，我已沒有什麼苛求，甚至並不要求自己對妳親口說一句：「我愛妳。」雖然我根本只想面對妳講出那一句。

我會徘徊在妳窗外逗留，直等燈光熄滅，等待妳安眠了，我才完全放心地離去……

如果我只剩下一天的生命，我真想擁抱著妳哭泣。

傾訴，我多麼愛妳。

可惜……

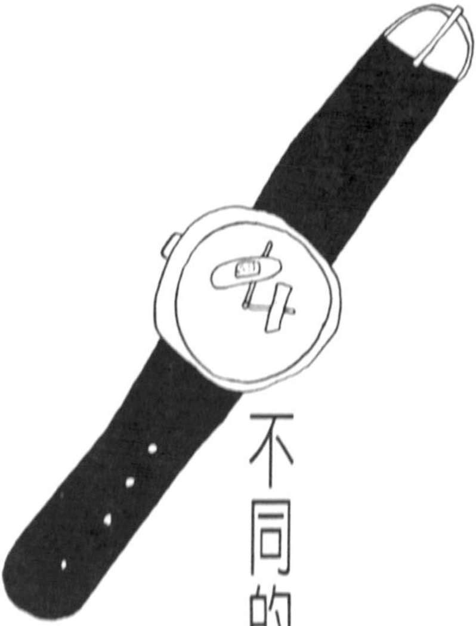

不同的世界

空口講理想

整天嚷著要爲理想而活的人，空有大志永無寸進，一生只能爲喊口號而活。

出來社會工作久了，「碰壁」愈多，得益愈多。

初出茅蘆，極有理想，心中計劃萬千，擬定未來大計，夢想自己飛上枝頭、名成利就，最後一事無成。苦苦思量，終於領略，我敗於自己太有理想，卻未有實現理想的條件。整天把理想掛嘴邊，實行時困難重重便垂首放棄，另闢新路，每每講多過做，一切理想成泡影，是理所當然的，俗語曰：活該！

實現理想，沒有捷徑，只有苦幹，不像學生時代作文般寫上，我的志願是當經理，便會自動當上經理。美夢是美夢，現實是現實，除非靠祖蔭、靠家庭，否則一切得從基層踏實做起。

只要肯做，並且在長期苦幹，累積了工作經驗、實力和最重要的經濟基礎後，才爭取理想也不遲。

人生很公平，初期工作只爲理想，最後爲理想而工作，人人如此，都必須經歷萬重山，方可嘗甜果，才會珍惜擁有。馬步紮不穩，貿然出擊，將會跌得更傷更重，萬劫不復。

整天嚷著要爲理想而活的人，空有大志永無寸進，一生只能爲喊口號而活。

不要挑戰性工作

難度愈高的工作，失敗的挫折感愈大；挑自己擅長的工作來做，則更能事半功倍。

很多未試過工作的小朋友說：我一定要找份有挑戰性的工作！說時，一臉自信，似乎相信，工作難度愈高，解決困難後的滿足感便愈大。讓我潑潑冷水，實情並非這樣。

工作，當然愈無驚無險愈順利愈好。要挑，就挑自己最擅長的工作來做。做不擅長而充滿挑戰性的工作藉以考驗自己，等於文科學生參加數科考試一樣，挑戰性是夠大了，而一旦挑戰失敗，則挫折感和失業危機也跟著增加，一定有人輸不起，以致萬劫不復。輸得起的也要受內傷，自討苦吃，終歸是既不划算，又浪費時間的愚蠢行爲。

反而，選自己最擅長、最沒挑戰性、最不費吹灰之力的工作，運作順利，自然事半功倍。在自己崗位上逆來順守，養尊處優以求突出自己，好過毅然走條沒完沒了的馬拉松。而事實上，就算能跑畢全程的，到達終點時，都辛苦得像隻半死不活的狗。收回的滿足感和付出的代價，往往入不敷出，你就會覺得自己所做的一切，都成了自己對工作失去自信的主要原因。

說得這麼肯定，因爲，我嘗試過，引以爲戒。

打工皇帝

受一個對自己有利的人管束，是一種幸福。

一件事情，無論做得多好和多糟，一樣有人或讚或評。所以，盡可能依自己志願辦事，凡事為自己利益作想，永遠不能把別人的閒言閒語看得太重，否則，愈做脾氣會愈壞。

以前，還會接受別人對我的批評，現在可充耳不聞，不管了。做好份內的事，交足貨給老闆便是，其餘的事，大可置身事外。

現在我唯一信服的，只有老闆的指示。原因簡單，老闆僱用我，自然會把我物盡其用，大概沒有一個老闆會願意白花錢的。所以，要知道自己的眞正能力，絕不是由其他人的幾句稱讚或辱罵而得來的。只有由老闆自動加薪給我，加權力給我，我才知道自己還算ＯＫ，打不死（暫時性安全）。

假如老闆將我打入冷宮，長年累月把我當作可有可無的小職工，也自有他的大條道理。

看通這一點，工作就可橫行無忌。不論外面的反對聲音有多大，祇要最高指示下令：Go Ahead！我便拼到底；停！我立刻煞車便是。

這麼說，好像很委屈自己？

非也。

受一個對自己有利的人管束，是一種幸福。總好過被一衆無關痛癢的人約束，礙手礙脚，令成就永無進程吧？

一人之下，萬人之上的感覺，應該都是這樣子罷了。所以，一直覺得自己是個不折不扣的打工皇帝。

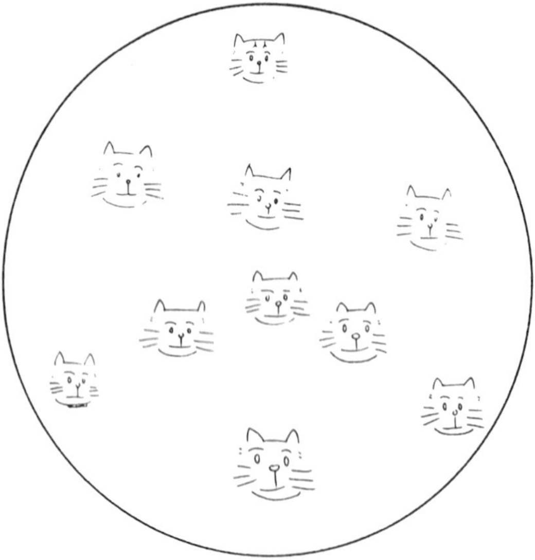

請用三個圓形把牠們全部分開。答案在
129 頁。

成功之道

工作時工作，遊戲時遊戲，心無雜念，目標明確便是狠。

要成功，只有狠。

不狠的人，難以成功：即成功無盡頭，嘗一點甜頭整個人便軟化下來，這個人比從來沒成功的人更失敗。攀得高，跌得重。

工作時工作，遊戲時遊戲，心無雜念，目標明確便是狠。工作和遊戲永遠不能並存，有小聰明未盡全力，只會事倍功半；出盡全力加上小聰明，才是成功之道。工作時心不在焉，抽身處理私人事務是成功大忌，女子尚可嫁人，男人沒有事業等於斷送一生，而其中又以感性型和惜身型的男人最容易成爲事業失敗者。感性型的常常有斬不斷理還亂的親情、愛情、友情煩惱，惜身型的永不肯超時工作怕吃虧，甫下班便花天酒地去也。前者婦人之仁，後者惜身如玉，成功機會自然大大降低。

狠不下心腸，做不成大事。

沒有人會爲你眞正設想，每個人只爲本身利益作出發點。企圖阻礙你發展的，都不是能留在身邊的理想人物。相反，能夠獨力承擔的工作，切忌假手於人，因爲個人的工作除了自己獨力完成之外，把任何人牽涉在內，當你有朝出人頭地，自然會有人向你邀功，搞不好會弄個翻舊帳、揭穩私、金錢勒索。所以，分工合作，可免則免。

個人努力，雖然辛苦，但成就全歸自己，大大痛快。

要成功，不必去偷去搶，但必須幹得狠。

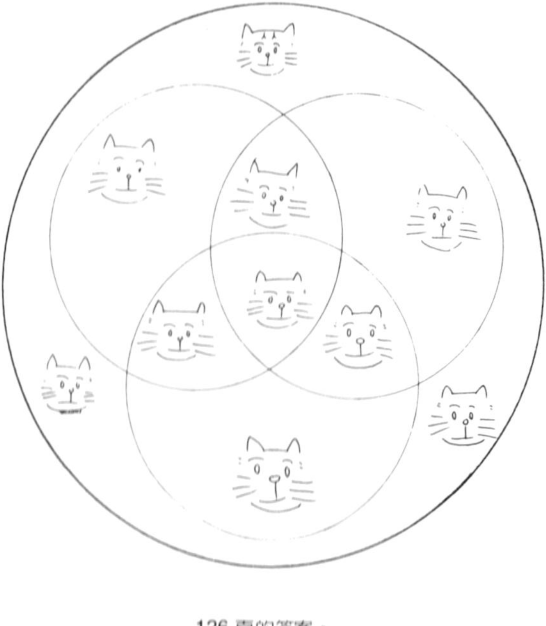

126 頁的答案。

向上爬

向上爬，是每個受薪者應持的正確信念。

一個對自己能力絕對有信心的伙計，不會用奉承上司的手段來企圖獲得青睞和拔擢，別人用時間來拍上司的馬屁，他卻勤力工作。

向上爬，是每個受薪者應持的正確信念，但力爭上游的方法，各人不同。有人盡自己的力量提高工作品質去博取公司垂青，進而一路爬升；也有用旁門左道極盡阿諛之能事或弄陰謀來遂其目的。不顧一切，爭取分數的員工，不免遭同事白眼奚落，嗤之以鼻；滑頭拍馬屁的遭人唾罵，所以向上爬也要得其正道。

做了幾年打工的人，目睹過不少升職的例子，發現獲提升的員工除了處事出色以外，與上司和同事保持和諧、暢順的人際關係，也是成功的一大因素。露骨地表示自己要「力爭上游」，自以爲硬骨氣而不與任何人打交道，更甚者理直氣壯地指責同事的錯誤行爲，這種人的前途也好不到那裡。

恃老資格輪候晉升的那一套亦不可靠，在人事變遷的今天，對下屬握有生殺大權的上司也要面臨調職和辭退的威脅，何況是一般小職員？若長期在同一崗位上停留不動，應該好好自我檢討。怎樣向上爬，是一種要學習的學問。

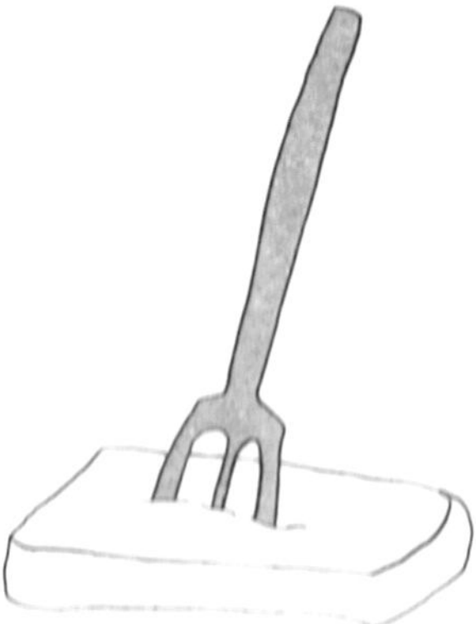

居心何在？

你考試作弊，老師有可能會知道，問題是他揭不揭發你罷了。

在公司裡，有一位同事經常誇耀忙碌，午間休息時間見他埋首在工作，下班後他仍然在工作，他爲此而引以爲傲，我卻認爲那是可笑又可憐的現象。

公司分配了每一位員工的工作量，也劃分了工作及休息的時間，讓員工幹活時全力幹活，休息時養精蓄銳，以便工作得更起勁。若反過來讓員工太清閒或剝削他們休息的時間，是公司政策上的失誤。

如果工作分配恰當，員工是不需要超時工作的。換一個角度來說，員工要自行超時伏案工作，也不見得有什麼過人之處，反而本末倒置，表現自己的無能。

任內工作該在規定的時間內，按部就班地完成。除非工作量突然大增，或是非當日完成不可，才留下來加班，否則，把私人時間耗在公事上，只證明自己的工作效率奇差，又或者上班懶懶散散，於是把全部休息時間奉還，還裝作一副拚命、忠心的模樣，增加上司的好印象，藉此在晉升上比同事搶快一步，居心若此，旁人只有輕嘆！

有一個道理，連小學生都知曉：你考試作弊，老師有可能會知道，問題是他揭不揭發你罷了。

同樣地，並非每個上司都是大笨蛋。偷雞摸狗的員工，真正有才能的員工，大家心裡有數。

唯一肯定的是，上下班時間和工作量沒有準則的公司或員工，本身已經有問題。

揹黑鍋

有稜有角的伙計，必定拒絕替上司揹黑鍋，並澄清事實眞相。

任何工作除非動手去做，否則很難知道結果如何。也就是說，動手去做，是希望有好結果的緣故。

在一個制度健全的機構裡，一般工作的指示和命令，是由上司發出，由部屬執行。

依據上司的指示執行的工作，若有失敗，照理責任是在上司，不該歸咎下屬。但是，部分上司有勞歸自己，有錯則推到下屬。

初出社會，思想單純的年輕人，大多存有「應該信任上司」的觀念。因此，當上司把錯處一股腦推卸到他們身上，他們渾然不覺，只是連聲道歉，愚昧地替上司揹了黑鍋，把自己推進一個極爲不利的局面。即使明知上司在推卸責任，但如不聽從，又怕引起上司不悅，於是只好吞聲忍氣負起全責。

天眞的下屬遭逢這個慘痛經驗，才會成長。當自己有能力認清工作職權和責任界限，到下次上司再要你揹黑鍋，而你依舊承擔的話，那就不再是無知，而是顯示自己的無能和懦弱了。

俗語所說的：「不知者不罪。明知故犯者，罪加一等。」有稜有角的伙計，必定拒絕替上司揹黑鍋，並澄清事實眞相。

無法取代

除非工作是自己的，自負盈虧，否則，眞是不能狠下心腸，拚了老命，用心去做好。

寫作最怕的，是有第二人介入。

尤其當寫作是屬於自己的事業時，即使只是請別人爲自己將內容整理、抄寫，也不能放下心來。

最怕的，是別人做得不妥當，不準時交回，影響到自己的寫作進度。蒙受損失的，只會是自己。

也可以說，除非工作是自己的，自負盈虧，否則，眞是不能狠下心腸，拚了老命，用心去做好。

有人會問：只要能支付合理勞力，看在錢銀份上，他便會好好工作。這也許是對的，但何謂「合理勞力」呢？我認為夠合理的別人覺得不夠合理，又明知自己沒有討價還價的條件，便把一股怨氣洩在工作上。我急別人不急，到終於做好交貨給我時，很多時候又發覺不如理想，我應該如數支付嗎？

有很多工作，是大衆工作，你我或他，一樣能夠勝任；也有一些工作，有它的無可取代性，不是凡人能做到的。指定要哪一個，就是哪一個了，根本沒有商量餘地。為了什麼？因為那人本身就是無法取代的。惟有他做，才會做好；其他人做，只會一團糟。

對於參與一項並非事業的工作，如果連最基本的職業道德也沒有，我想，那人很快會被取代。

眼高手低的人，是可以換的。

生存之道

多一張文憑，多一種技能，有益無害。

很多朋友愈來愈重視謀生的知識與技能，工餘去進修，如學設計、電腦、會計、翻譯、英文，樣樣都有。他們說，萬一現在的職業做不成功，可以轉行。總之有備無患，多一張文憑，多一種技能，有益無害。

這些朋友是一羣肯爲前途設想、有上進心的青年，他們認爲生存在社會中，就如踏在浮沙上，隨時都有下沉的可能，因此未雨綢繆。

這些朋友，在學校讀書時甚少有憂患。在中學時的同學，成績不好的也不著急，老說出來隨便打一份工，便有港幣四、五千元一個月。但過了幾年，再見到他們，大專學院畢業，取得學位的，薪金雖然較好，但仍然覺得工作沒有保障，想多進修。中學畢業後即出社會工作的，就有一種很不安定的感覺，怕自己技能不夠，被社會淘汰，於是又找晚間課程進修，以增加知識及工作技能。我看他們一下了班，就匆匆乘車，匆匆吃點東西，趕著「上學」去，那種奮發進取的精神，不是中學時代所有的。當然，大家都明白到「隨便做做事就有四、五千元一個月」，是很幼稚的想法。

競爭劇烈的社會帶給人們極大壓力，使人們不敢鬆懈怠惰，如此環境正好把香港的青年人，磨練成一個個經得起風浪的人兒。

向現實低頭

人的銳氣經琢磨，清流也變濁流。

有個小女孩，踏出社會工作，每日受上司的氣，以眼淚洗面，很痛苦的樣子。我告訴她：剛開始總是這樣子的。

小女孩說：如果我做錯了，被責備是應該的，但是，我沒有做錯，是上司雞蛋裡挑骨頭。

她不明白：你沒有做錯，對共事的人來說，已是一件錯事了。就算做得再對，你的上司黑起了臉，又是錯了。

小女孩憤憤不平：我做的是忠於我本份，盡心盡力，薪水還不是得一份？告訴她：忠於自己的本份，拼命到底，尊重工作，表現再好，不表示就是好事。抄捷徑，投機取巧，也許亦是本事。也許第一個升職的，是那種人。小女孩以爲我發了神經，我解釋：一間公司裡，上司上有上司，有些上司是有才能的，有些是靠逢迎拍馬，所以成爲上司，有些上司惜才，也有上司忌才。如果碰上一個性格不合的，你努力，他便榨光你。你有才華，可能足以危害他的地位，明天你便做了某樁失敗之事的「揹黑鍋」的罪人，被踢出公司而不知發生何事。反而，懂得察言觀色，有空時請上司飲兩杯，是可以扶搖直上的。

小女孩驕傲道：我就是不肯同流合汚。我說：多磨一年，人的銳氣經琢磨，清流也變濁流，就沒有合汚的感覺了。到那時候，你會笑現在的自己。

小女孩堅定搖頭。我問她說：你喜歡受命令，還是命令人？小女孩當然的答案：命令人。我知道，小女孩的頭，是搖不了多久的。要她低頭的，並不單單是挨罵，也不獨是她上司令她改變，而是她自己也變得現實。

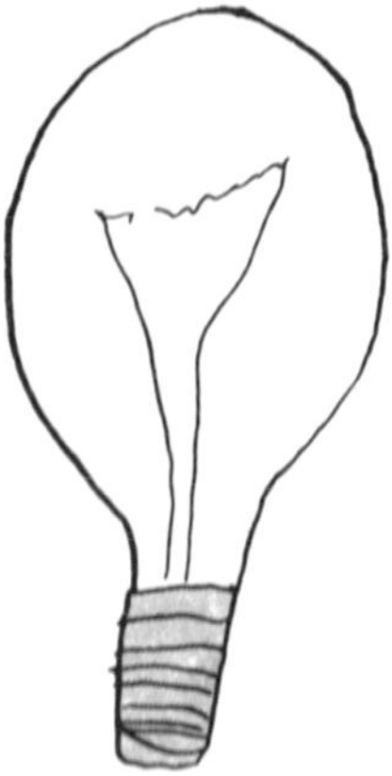

非一般見識

公平

生命如有公平，就不會有人飽死的同時，亦有人餓死。

生命是個大玩笑！

有些人，活得不耐煩，整天嚷著要尋死；有些人，極渴望生存，但不成功。

有些人，抽一輩子菸，連半聲咳嗽也沒有；有些人，菸酒不沾，偏偏患上肺癌、肝病。

有些人，投機取巧，「偷竊拐騙」，便能過著大魚大肉的豪華生活；有些人，工作態度誠懇踏實，捱了半輩子還是公司內的一名小職員。

有些人，渴求那種一生一世的愛，祇可惜永遠找不到好對手，最後癡情變了「神經病」；有些人，朝三暮四寡情薄義，卻從來不愁寂寞，愛情路上多姿多采。

生命，有公平可言嗎？沒有，肯定沒有。

如果有，不會有人飽死，同時有人活生生餓死。

亦不會有貧富之分，膚色之別。

每一件事情，都存在著不公平，也根本沒有平等，埋怨也沒有用。命是天注定的，即使極力反對不公平、不平等，浪費一生，爭之不休也不會令公平和平等進一小步，自己卻第一個嘗到不公平和不平等對待的滋味，實屬可笑復可悲。

錢可賺，名可追求。人生的公平，就如風中追風。

難熬的日子

最痛苦的等待，莫過於等一個人愛自己。

等待的心情最慘。

學生時代，最苦不堪言的是等待測驗、考試來臨，學期終結前最可怕是等待成績單上所顯示的總成績，決定你能夠升級抑或是需要留級。

面臨會考的日子，更不用說了。中學四年級開課的第一天，各科老師都說同一個開場白，提醒學生現已踏入會考課程，勸告好自爲之。學生聽完，只覺得軍臨大敵，終日憂心忡忡，天天懷著患得患失的心情上課，足足五百多天的待考日子，不知道怎樣才能熬得過。

待業也難。學歷不高，理想卻遠大，打開報章，招聘廣告林林總總，但總是薪酬偏低，前途黯淡。薪優的工作又要求學歷和資歷有相當水準，所以待業時頓覺前路坎坷，怕求職信掉進紙簍去，不寄求職信又覺得自己頹廢。一籌莫展的日子，好難過。

更要命的，是等一個人愛自己。一廂情願的愛情並非愛情，只是暗戀、單相思；男女雙方認同的才叫愛情；偏偏「你愛的，不愛你；你不愛的，愛你」的例子太多太多了，尋覓一個心意互通的人又談何容易？

等待——卻也有淒美的地方。如果，一開始便知道成敗得失，就沒有什麼「好玩」的了。

譬如生命。

安全感

付出十分信任，別人歸還的只得四五成，漸漸人便死心了。

當我相信別人時卻被他出賣，是一件最慘的事。

尤其當人與人之間的人際關係愈來愈虛有其表，人們愈來愈懂得利用別人的信任，而作出一些背信的事情，還大言不慚地指責別人對自己懷疑，藉此令對方內疚而放棄追究的時候，心照不宣這句話已經不合時宜了。

況且，可以與我講「心照不宣」，講個「信」字，已經非常不簡單了。就算給輕微的軋脚摔一跤，我也會跌得焦頭爛額。所以，在被傷害和避免被傷害之中，爲自己著想，我還是揀了後者。做法其實簡單：把自己當作太陽，身邊的人統統成爲環繞著太陽走動的小小行星，就算行星脫離軌道，由於距離太陽太遠，無法對太陽構成衝擊和傷害。

安全感也要一點一滴累積回來的，而且非常脆弱，且毫無保障。付出十分信任，別人歸還的只得四五成，漸漸人便死心了。以後但凡有關乎信任的事件發生，我說相信你時，你又說相信我，大家惺惺相惜，其實是惺惺作態，也不過是「給面子」，日後追查，又是另一回事了。

說得那樣悲慘，也許換個角度來看，我不再想相信別人，是由於環繞在我身邊的，沒有一個有值得完全信任的條件！看來眞的應該好好反省一下。是除去一些常說的心照不宣，但又心懷不軌的人的時候了。

愛拚才會贏

實現理想，必須要有經濟基礎；等到經濟環境穩定，才考慮理想。

一個小女孩與我茶敍，對我說：「你凡事要量力而爲。工作固然重要，也要珍惜身體。」她看著一星期消瘦了足足二公斤的我，禁不住說。

我只有安慰：「愛拚才會贏。我不過是出盡全力去肯定自己的成績，和多賺一點錢罷了。」

誰不知接踵而來工作會令人精神萎靡？誰不想一天廿四小時活在消遙閒適之中？可是，現實中，衣食住行都要錢，手停口停。除非你是家財萬貫，或者中了六合彩，否則一世辛辛苦苦，頻頻勞碌，在所難免。

年少的時候，總喜歡說自己的理想、大志。現在，想也不想了，爲免使自己覺得壯志難酬，無心工作。實現理想，必須要有經濟基礎，等到經濟環境穩定，才考慮理想。

既然明白了這點，我又怎可以自怨自艾？雖然，早上要應付繁重的工作，晚上還要進修課程，令我整個人疲憊不堪。可是，自己的儲蓄也一天一天遞增，惟有繼續努力，每天活在打拚中。

工作了多年，儲了一點錢，我的第一個理想終於可以實現，便是辦一份少年刊物《寂寞難逃》，不求賺錢，只求開心。雖然壓力更大，可是，愛拚才會贏，我就是不喜歡量力而爲，只相信人的潛力無窮，那管一星期消瘦五公斤？

成功

大家都愛和別人比較，而且專揀一些成就不及自己的人去襯托自己的成功。

不是努力就能夠成功。

努力的人多得是，但正在努力的人也有高低之分，首先淘汰的是資質差又沒有運氣的人，然後是資質好但欠缺運氣的人，留下來的將會是質素和運氣同樣好的人。

運氣好，很大程度上包括人事關係。

有人在背後撐腰關照，出頭的機會起碼比人多，成功率自然比人高。其他人怨天尤人也無補於事，只可怪自己投錯胎、生來歹命。

所以應該將努力當成獨立的一回事，成功又是另一回事，兩者中間沒有等號，最多給它劃上感歎號。

成功是絕對主觀的一回事。

所以每個人也可以說自己很成功。

小學時代我覺得考試名列全級第一是成功；中學時代覺得成爲會考前十名是成功；出社會工作，覺得寫專欄、填歌詞、編劇本和一年出書十二本是成功。

可是對於富商李嘉誠來說，他講一句話就可能得到我幾十年自以爲成功所帶來的名與利，其實我又算不算成功呢？當然不算。

同樣地我也可以晦氣地說，憑會英文一科A級便考進中文大學的大學生，也不見得是成功。一個花瓶跌落可砸死三個大學生。

其實大家都愛和別人比較，而且專揀一些成就不及自己的人去襯托自己的成就，都只因自己比上不足，而自卑感作祟的緣故吧了。

遇與不遇

不相信有懷才不遇的人，不外兩種：㈠懷才而遇到買主的人。㈡認爲自己懷才而等待知遇的心高氣傲的人。

有人說：我不相信懷才不遇這回事。

其實不必你相信，反正眞有其事。

是有人懷才不遇的。

人總有才，但才華有高低之分。你自信比小明好，大明就認爲自己比你和小明都好，此外還有小貓、大牛，誰最好，拚過才知。

就在比拚過程中，汰弱留強制度下，就算施展渾身解數突出自己，敗陣便敗陣了，沒啥好講的。只好承認對手強，自己技不如人。

最討厭人說：他能成才，我不能，因爲他運氣好。

立即要挫他：「哦，原來他才華運氣都比你好，值得成功。」

對某些人，不刻薄一點，他們不知悔改的。

況且，不相信有懷才不遇的人，不外兩種：㈠懷才而遇到買主的人。㈡認爲自己懷才而等待知遇的心高氣傲的人。

第一種人，往下看是傲，可喜可賀。第二種人生死未卜，成就在未被慧眼確定之前，宜繼續努力表現進取，不宜傲氣震天而不見經傳。

因爲，每個人都可以說自己懷才，該分別的是，那人是天才抑或蠢才罷了。

驕傲

成功的人只看人家能不能幹，絕不介意人家謙不謙虛。

驕傲不是件錯事。

驕傲，有時甚至是必需的。過份的謙虛，反而使人感覺虛僞；恰當的高傲，令人覺得你自負自信，不禁另眼相看；自己有本事，不怕見人。

獻醜不如藏拙；既不醜，也不拙，攤出來，自有慧眼識英雄。正如拍賣古董，不說明身價，不識貨的人會當作垃圾棄掉。識貨之人，也要靠拍賣者的口才來判價。

出盡九年二虎之力做成功一件事，明明自己功勞最大，硬說是天時地利人和再加上運氣，把自己的才能貶得一文不值。小時候會認爲這是美德，但長大了，才發現是個大騙局。原來成年人是爲了維護自己的尊貴地位而勸勉少年謙虛的。

有一類人，天生看不起別人驕傲，而自己又混身擠不到一處可以傲視羣倫的地方，對於這類人的批評和攻擊，有實力的人大可不用理會。他人妒忌你，因爲你比他們強，不見得有人會妒忌街邊乞兒。

社會最講求實際，成功的人只看人家能不能幹，絕不介意人家謙不謙虛。殘忍點說，沒出息的，再謙虛也無補於事。

人有三衰六旺，今日不知明日事，有條件驕傲，不妨驕傲一點。

作假

電視台泡製的金曲競選比賽，公平與否是其次，最重要是這電視節目有否具娛樂性。

任何金曲競選比賽，都有人批評有欠公允，有作假之嫌，獎項純粹給各位偶像和大唱片公司「分豬肉」，真正有實力的歌手、真正的好歌卻成了漏網之魚，榜上無名。

這個現象不是太健康，卻是正常。

如果頒獎典禮沒有紅星支撐場面，氣氛肯定會冷落不少。記得前陣子一連幾位樂壇巨星宣佈不再領獎，緊接下來的幾個歌曲競賽，不錯是新人輩出，以前沒有機會得獎的二級歌星都佔有一席位，可是結果有目共睹，首先收視率下跌，觀衆喊悶，評論者嫌娛樂性不足。由此可知，「分豬肉」也要分等級，不是誰人都吃得下，勉強吃下也不過癮。

如今樂壇四大天王熱潮正盛，觀衆又有怨言：來來去去都是四大天王。又懷疑頒獎結果早就內定了，可見觀衆十分難服侍。其實即使是作假，還不是讓觀衆有更佳的視聽之娛？何罪之有？

想想下次頒獎典禮沒有四大天王載歌載舞，你會繼續捧場嗎？起碼我會考慮轉台。

公平與否是其次，首要條件是泡製一個賞心悅目、娛樂性豐富的電視節目。即使邊看邊罵，起碼有人在看。

DEISEL
Marko
polo
ESPRIT
MEXX

名牌奴隸

讓自己成爲名牌人物，站出來人人朝著你看，才明智。

不用名牌貨。

多人用了，名牌變制服。走在大街上，爲名牌賣廣告。反主爲客，自貶身分，沒意義。

讓自己成爲名牌人物，站出來人人朝著你看，才明智。

有人存錢買名牌，等於貼錢買難受。求學時代可引來艷羨目光，但出社會打天下，眞正是計斤兩，誰的名堂響噹噹，或是一匹黑馬，大中小公司爭著獵頭。

滿身名牌子，在同輩間尙可炫耀一下，但高層人士則毫不放在心上。

而表揚、提拔、推舉你更上一層樓的，便是高層。

子。

自己以爲自己是油田，別人不將你發掘，其實你只不過是一塊荒地、一個傻

有價無市，比起有市無價，更覺壯志難酬。

所以發奮的人極多，最終成名的人，少之又少。

不能成名的人，只好用名牌衫褲鞋襪去安慰一下自己，騙騙自己，讓自己面對衆人時能挺一挺胸膛。

成爲名牌的，也在坐享其成了。

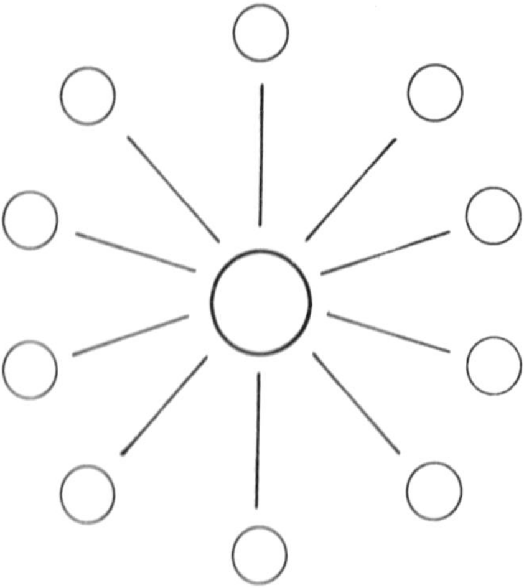

試在這十一個圓中，放進 1 至11的數字，使對角線上的兩個小圓與中心大圓的和為18。答案在168 頁。

不能一視同仁

社會上最不公平的待遇，就是一視同仁。

又聽到有人大聲疾呼：我們要求社會公平對待，要求一視同仁！

細心一想，就知道是笨話。

社會上最不公平的待遇，就是一視同仁。

對於一個能幹有貢獻的人，如果給他與其他毫不出色、毫不突出的人同樣的酬勞和回報，等於漠視了他所做的一切，便是眞的不公平對待。

一視同仁，是把要給予各人的應得，分別畫成一條一條長條狀的圖塊，然後按著最低的一個水平，把其餘比這位置高的部分，全都取走，再平均分配，讓付出多與少、傑出和平凡的人也得一樣的多。

想清楚就知道，一視同仁會導致社會嚴重倒退。多勞多得，才是公平的做法。厚此薄彼，十分公道。必須承認，資本主義社會內一切皆是「大小眼」。當務之急是如何令自己由不受重視的一類，被歸納進重要的一群。而最差勁的行爲，莫過於高舉雙手，搖旗吶喊，大聲疾呼，要求社會人士關注其個人的際遇問題。

形同等待途人施捨的路邊乞兒，那類人，注定一世做不成大事，也改變不了別人對他的鄙視眼光。

有材料的人，早就受到好待遇了，根本不必去乞！

感歎號

付出勞力收取酬勞，是天經地義的事情。

現在寫文章很少用感歎號。

因爲我覺得愈來愈少值得大驚小怪的事情。

以前憤世嫉俗，對什麼人和事都看不順眼，將心裡不滿寫在文章中，通篇都是……！！！太不成熟了。

翻看以前文章，發現自己原來是標準的憤怒青年，原因是看得不多，卻自以爲看得清楚玲瓏，於是文章仿似潑婦罵街，自己當然過足癮，卻是講多錯多。發現錯誤是自己有了那個經歷，做了當事人後，身受其苦。

譬如，以前喜歡寫：「我最討厭市儈的人！」那時身分是學生，每天攤開手掌問父母取零用錢。手到錢來，自然未知賺錢艱難，對整天埋首工作而且不擇手段賺錢的人極爲鄙視。

直至我成爲埋頭苦幹的打工仔，絞盡腦汁想多賺兩個錢放身上的時候，我才眞正明白，金錢確實得來不易；反正不是作奸犯科，市儈一點又何妨？

付出勞力後而收取酬勞，是天經地義的事情。

又譬如，我曾經說：「祇要自己有眞材實料，一定會出人頭地的！」讀了十幾年書讓我以爲，祇要自己有學歷才華，有麝自然香，搞什麼人事關係，都是沒有骨氣的表現。

而事實證明，世上眞有懷才不遇的人，因爲沒有主動抓機會，鬱鬱不得志度過餘生。交遊廣闊的，多吃交際飯的，總會從中撈到些好處，有百利而無一害。

理想和現實是兩回事，幻想自己摘星的年代已過去，應是時候脚踏實地了。

163 頁的答案。

校園刊物

禁忌其實正是青少年的需要，而這些需要是確實存在的。

自己第一次出版校園刊物時，曾經詳細分析過讀者的口味和需要，有充足的資料搜集，能令刊物長久生存。

校園刊物要受歡迎，必須針對學生對潮流文化的興趣，內容要涉及校園、交友戀愛、裝扮、發育期間的性知識等方面，這些都是學生們渴望知道的切身問題。同時，刊物內不妨多給機會讓讀者充份參與，也滿足了青少年欲表達自己的心理，從而肯定自己的價值與存在。

可是，當涉及青少年的切身問題，危險便出現了。譬如某讀者詢問：「失戀怎辦？」假如解答著樂觀回答：「等待發展另一段情。」或悲觀回答：「一死了之。」究竟誰是誰非？甲之醇酒，乙之砒霜；一個弄不好，刊物內容渲染非理性行爲和傳達不合邏輯的觀念和理論予讀者，這個責任誰負擔得起？

其次，校園內外也出現了極端的矛盾。校園內，從教育工作者的角度來看，青少年不成熟、衝動，且擁有很多慾望，因此需要抑制他們，於是校園內設下了重重禁區，如性、暴力、投訴師長、反社會行爲內容，往往被視爲禁忌，被排斥在校園讀物之外。但誰也不能否認，這些禁忌其實正是青少年的需要，而這些需要是確實存在的。

至於，更大的困難，留待下篇再談。

永遠矛盾

學校所認爲的好書，是否與時下青少年的心態有所疏離？

辦校園刊物，最大的困難，莫過於事前根本不知道刊物能否順利通過學校，被學校圖書館評分爲「容許接納」的刊物。

因爲，從古至今，學校仍迷信於小部分學生的閱讀習慣，主觀地冀望學生看他們認爲的好書、益智刊物，與時下青少年的心態很是疏離，作品並不是現在青少年的生活模式。

所以，即使老師及學校圖書館不斷推動閱讀中文課外書刊，結果永遠令人感到沮喪。問題不於推動閱讀單位的努力與否，而是最重要的一個角色——書籍刊物，根本引不起學生眞正拿起來閱讀的興趣。就算學生對中文課外讀物持正面態度，態度也未必等於行動。

捉摸清楚學生的閱讀心理，出版一些投其所好、內容切合學生需要的書刊，這個市場可謂潛力無窮。然而，最諷刺的卻是，大多數能掌握學生「要害」的書刊，拿回學校會遭沒收，校方所持的理由是「不健康」。那麼，引申而論，是否表示現在整個學生階層，都不夠健康，都是病態青少年？

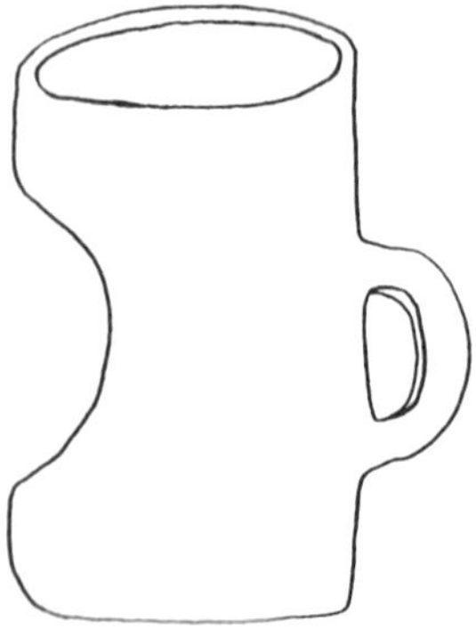

老師

老師不求有功，只求無過的心理，受害人永遠是學生們。

有一種老師，一進入課室，跟學生說了一聲「早安」後，一轉身就開始將焦點集中在黑板上，自己講自己寫，聲音小如蚊子，坐在後面的學生根本不知道他在說些什麼。

向他提出，他最初一、兩分鐘略略把嗓子提高，然後故態復萌。身爲學生的不好意思頻頻催促他，於是有的在看漫畫，有的在談電影。

這一種老師，眼睛很少望著學生，好像有點怯場，好像要給那一塊黑板授課。他講到開心時自己笑，講到納悶時自己第一個打瞌睡。當他喃完寫完，放下粉筆便踱到窗前看街外風景，也就輪到我們學生抄黑板，個個彷彿影印似的，將一大堆不明白的文字抄下來，抄完之後，大約也是打鐘下課的時間。

學生有功課上的問題，課後去請教他，他總是一副愛理不理的態度。說不上兩句，便推說有事要走，敷衍之情，無從遮掩，任誰都會對他失去信心和尊重。

做老師或教育工作者，除了是一份職業，賺取一份薪水以外，還負擔起教育下一代的責任。老師不求有功，只求無過的心理，受害人永遠是學生們。

好的老師，執教鞭的經驗，一年和十年，並不是什麼大問題，而學歷高低，也未必決定優劣。只要對學生有愛心，盡心盡責，就會是好老師。

老師孰好孰壞，學生並不盲目，心裡有數。

愛滋病同學

每個人都會口口聲聲說不會歧視愛滋病人，但當一旦給你遇上，現實和恐懼令人瀟灑不起來。

如果我有同學患愛滋病，我會同情他，但會疏遠他。

如果是不相熟的同學，我寧願跟他斷絕一切來往，永不再說話，可以保持多一點距離總是安全的。

如果是頗熟稔的朋友，知道對方有愛滋病，我會開始對他冷淡下來，無論在語氣和態度上，讓友情慢慢淡出。一切做得很自然，讓他知難而退，我不想給他太多衆叛親離的感覺。

一切不是我願意做的，但我認爲自己必須要做。

對於愛滋病，在未尋到根治方法之前，它畢竟是世紀絕症。坦白一點說，最危險的莫過於愛滋病患者的朋友和仇人。兩者都有被拖累的可能。

現階段你我都可以揚聲說：我不會歧視愛滋病人，我會當他普通人看待。到哪一天坐在你身旁的同學眞的不幸患上了，而消息被公開，你我都保證會提出七千個理由請老師調換位置。總之，現實和恐懼令人瀟灑不起來的。

寫小說不同，爲了製造人物矛盾而發展劇情，會把病人和正常人安排同台做戲。雙方本屬好友的友情無損，你弄傷了，我爲你止血，大家可以繼續促膝談天……然而請相信這是戲劇加工，眞實情況肯定大有出入。

所以寧願不知道課室中誰患愛滋病、誰有癌症，大家繼續上課，樂得安枕無憂。到隱瞞不下去的時候，病者也離死亡不遠了，那時候病者自然會離場，用不著給人趕走那麼悲慘。

互相監視

學生問題日益嚴重，學校、家長、教育署都有責任正視此問題。

因為學生的自殺事件，家長和社會人士把矛頭指向學校，連帶也指向教育署，因此形成了家長、學校與教育署三者之間互相防備的現象。

慈雲山一所中學的女生為了被疑偷竊書包而自殺，開庭研究死因，教育署代表所提供的報告是：該女生是在受壓力下自殺，校方處理不當，建議學校應對犯過失的學生盡量從寬處理云云。於是所有學校的教師與訓導處立刻陷於進退維艱，校方問：「你怎知道，什麼是適當的壓力？」於是，學生犯了過失，若矢口否認，校方就不好再調查了，否則有什麼事故發生，校方更難辭其咎了。那麼，教育界就天天在戰戰兢兢中，但求無過為上。

亦曾有一位在深水埗一所中學讀書的女學生在家中意圖跳樓，幸爲家人救了，這一則新聞，又興起一陣熱門的話題。一位中學老師告訴我，當這類事件發生，教育署就會緊張起來，首先翻查紀錄，看看有沒有相關資料。急電給校長，要校方限時把學生的資料遞上，準備好一些，萬一新聞界查詢時，能即時完整交待。至於學校的教師、班主任、訓導處，平時處理問題學生時就應要有最壞的打算，逐日把處理過程記錄下。做到這一點，即使家長控訴，校方也可以站在「有利」地位。家長方面，並非每一個都不通情達理的，他們可能只與校方接觸，也不會把子女的眞實情況對外界說出。

於是，學校、家長、教育署便成了互相監視的三角關係，再沒有祥和之氣了。

教師的責任

要刺激學生的學習精神，令學生有反應，是一門學問。

教書的和寫文章的人都希望能與學生或讀者互相溝通，作者撰寫文章，最怕讀者不瞅不睬、毫無反應，講人自講，愈寫愈意冷心灰。讀者有讚賞有批評，表示與作者有所溝通，是給寫作人的一種意見反應，亦證明他的文章受人注意。

爲人師表者，如果踏進課室，每個學生木無表情，只有垂下頭聽書的份兒，老師與學生隔了一道無形的牆壁。教師維持這種刻板的教學方法，多教幾年，對教學也變得麻木，心如止水。學生猶如傀儡，拉一拉才動一動，永遠與老師保持冷漠，實屬可悲。

有學生這樣對我說：「不如請老師買個錄音機，將書本的內容錄音，每年都拿出來播放，省時省力！」若是如此，學生與老師有何關係可言。

所以，要刺激學生的學習精神，令學生有反應，是一門學問。教授書本內容固然重要，但如穿插小組討論，拓寬他們的思考領域，也屬必要。而且，教師也該盡可能提早備課，不要在堂上死握著教科書不放，學生會覺得這位老師「沒有料」！

實在很羨慕電影《春風化雨》的那一群學生，每一個學生都希望有個像羅賓．威廉斯的老師。

學校圖書館

學校圖書館的藏書，大多經思想過濾了，是否能提起學生的閱讀趣味呢？

每年，圖書館總要開會討論一下，本年度有什麼課外書可購買。校內的老師、校長口頭上都會掛著「資源」兩字，說資源有限，切勿浪費。其實，是暗示給負責人知道，用在圖書館的錢，並不會多。

假設資源約港幣二千元，要買些書本供中一至中五學生使用，照分配，每年級能購買的課外書，只分四百元。四百元，以一本書三十元計算，只能買十三本左右，一年也不過五十本。

這筆錢，不能買流行、武俠、科幻、愛情小說，也不能買帶粗俗句子的小說，又不能買夾雜有土話方言的小說。

如果購買，要買名家的、嚴肅的、有教育性的、有文學價值的，於是翻翻桌上審查的書籍和書目，老師公認可接受的，卻是五四時代的小說散文、朱自清、魯迅、冰心、沈從文，或四、五十年代作家。還有些一看便知道內容有社會性和時代性，能反映社會。總之，只有這些作品才能順利登上各校圖書館的書架上。

小小圖書館裡的書，都經思想過濾了，沒有「病」了，不會帶壞學生，沒有意識不良，才可登上大雅之堂。書架上的書籍，其內容情調，思想態度都固定。中文書籍往往與教科書中的文章一樣，只適宜做課本內容，不宜作課外閱讀。

課外書，總要有趣味的，使人看得津津有味追看下去，才是妙事，也達到鼓勵學生課外書的目的。可是，事實上，圖書館的中文閱讀書籍，只會使人昏昏欲睡。

也因此，學校圖書館變成了擺放紙張雜物的儲物室。

補習竅門

補習，重點在於「補」字。

很多朋友都想去補習，又怕浪費金錢，問我有沒有補習的學習竅門。

學生時代，一天到晚補習的我，多少都會積聚點竅門。

補習，顧名思義，重點在於「補」字。要找補習老師，通常在兩種情況下：一是程度不逮，想補習漏學了的知識，希望追上當前程度，使在學校上課的學習沒有困難；一是純粹應付考試，希望補習老師把要考的科目內容範圍分門別類，綱目條列清楚，易於記憶，以便考試，順利過關。

已補習中或準備找補習的朋友，可嘗試請老師多教導、訓練自己讀書的方法。方法有四項：

記憶的方法——記憶是一種心理過程。記憶的能力是可以訓練出來的。人的記憶有一曲線，今天讀的東西，今晚溫習，隔兩天再溫習一次，就會很鞏固在腦中；若今日學了，兩星期才溫習，則要加倍工夫了，因爲大部份遺忘了或記憶模糊了。同學應請補習老師盡量爲自己把教的東西按記憶曲線安排好溫習時間，三個月下來，使自己磨練出自我記憶能力及方法。

分類組織的方法——知識的最基本特徵，就是辨別種類。比如生物學，一定要把各種生物的特徵分類好，分類是相對於不同觀點的。比如中文科，一課範文，要就寫作技巧、修辭手法、內容分析三角度看。同是教地方氣候和地勢，但用社會學角度讀與用地理學角度讀，重點就很不同了。請補習老師那科目的知識內容分類，加上細節敍述及研習，必可事半功倍，爲入學之門徑。

自學的方法——太依賴補習，會削弱自己主動摸索、領悟、自我補救的能力。所以，最好先主動請補習老師爲自己安排一些課題，並且提供一些學習上的提示資料，讓自己進行學習。或請老師言簡意賅地說了，自行閱讀資料，找出重點。這樣一段時間下來，自己也就有能力到書局及圖書館獵取有用資料了。

分析及綜合的方法——分析問題或課文分點加以討論；綜合是把幾段同學的資料或論斷加以組合。這是一種訓練思考的方法。學生要主動爲課文提出一連串問題，請補習老師提出指示或提議解決的方法。補習老師可以把某些有關的資料提示給學生閱讀，由他找出答案；學生更可以藉著與老師的討論，尋找到解決的方法。學生要自比爲刀，老師爲石磨，有磨在，刀自可鋒利。

現在，一般同學功課做不來，找補習老師只是請他教自己做，只能解燃眉之急而已，並非學習長遠之計，且也會浪費金錢。

所以補習前請參考我的四大補習竅門。

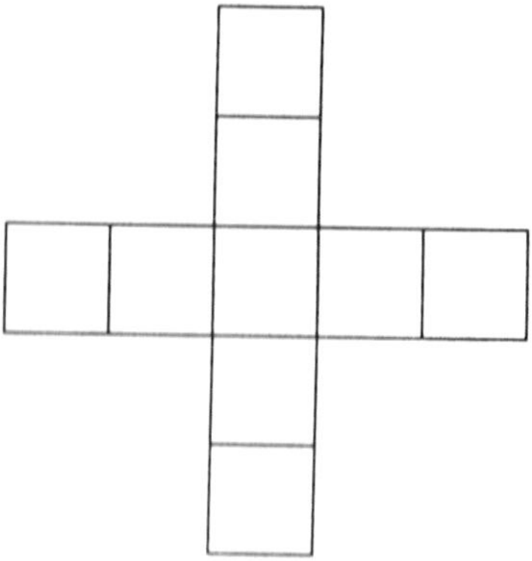

下面有一個十字型的格子形成的圖形，
直列與橫列共有9 個格子。
如果要在這九個空格中填上1至9 的數字，並使直列、橫列的總合皆為23，該怎麼做？答案在193 頁。

好差事

教師的工作雖被認爲是職優薪厚，但所付出的心血，可能並不足與外人道。

在一般人眼中，教書是鐵飯碗，工作時間短，假期長，還有許多福利，又覺得他們常是濫用權威的大反派，便質疑起來，教師是否眞有愛心的工作者？抑或只是手持畢業文憑，目的只爲職優薪厚？

我的爸媽是教師，自小耳濡目染，知道教學生涯不好過，要面對三方面，學生、家長、學校。教師活像箭靶，心理壓力沈重。

熱忱教學的老師，每天要承受大小不同的突發難題。只要班中有一個頑皮鬼搗蛋，就足夠影響全班，阻礙了教學進度，令教師氣餒。

另外，學生又抗拒過度關心和干預的教師，認爲他們居心叵測。教師明明付出關愛，得回的卻是仇恨；這個極端的結果，總教人懷疑自己的能力和貢獻。

面對一群頑劣學生，教師屢勸不聽，無法不怒。出言告誡，學生不理睬你；提出懲罰，學生又反抗。教師又氣又怒，仍然要努力不懈，因此，教書患精神緊張的比其他行業為多。

教學，薪厚勉強可說。至於，是否為好差事，就只有身為教師的，才有資格下定論了。

勿輕言分手

有了第一次分手的念頭，便永遠驅除不了。

情侶之間，什麼都可以講！除了一句「分手」以外。

第一次講分手，無論是由男方或女方提出，在很大程度上，是一時鬧彆扭，情侶激動，心煩意亂之下溜出口的，多數是沒有經過深思熟慮。然而，當整個人冷靜下來，就會開始懊悔自己說了不應該說的話。於是，主動地與對方言歸於好，以爲說了對不起，便能夠恢復友誼，像沒事發生過一般。

說了分手，仍可以再復合的情侶，在理論上，表示雙方也反覆思量過，感情出現了岔子，繼而加以改善，學會珍惜對方。彼此多了解，感情又再進一步。那麼，這段感情豈不是可以維繫得更長久了？

諾言

兩個人在一起，祇爲著這一刻，兩個人願意留在對方身邊而已。

我在想，今天說過山盟海誓的情人，何時會背信棄義，捨對方而去。任何承諾都等於拘束，沒有人喜歡被征服，世上根本沒有得到了而又不喪失的。一切弄明白：兩個人在一起，只爲著這一刻，兩個人願意留在對方身邊而已。

跟著下一秒鐘，可能你已經厭惡了我，我也對你有太多不滿，兩人寧願選擇做回獨立個體，毋須經過被迫拆散，也沒有難過，也沒有痛苦的道別離，只是大家不願意逗留了，想找另一個泊岸吧。就像跌碎一隻玻璃杯，割損了指頭，便張貼一塊膠布，傷口很快便會癒合的，不留任何傷痕，或者有一點點痛，但應無大礙。離開的心情，也不過是這樣了吧。

不知聽過誰人說過，不要在乎過程，祇在乎結果。我笑了。對在乎和不在乎的控制權上，人似乎沒有力量去判定結果，只是對於過程，如果注重，一點一滴，都刻進心內。隨隨便便，不忠不實，也無所謂過程了，只是浪費時間。

可以肯定所有人的結果是死亡，但愛情的結果，眞是個難題，沒結果也是結果，結束也是結果，再想下去，結果可能只是徬徨。

於是，不在乎結果，甘心繼續付出。如果有那麼一天，滄海都變了桑田，也許先變心的是我？

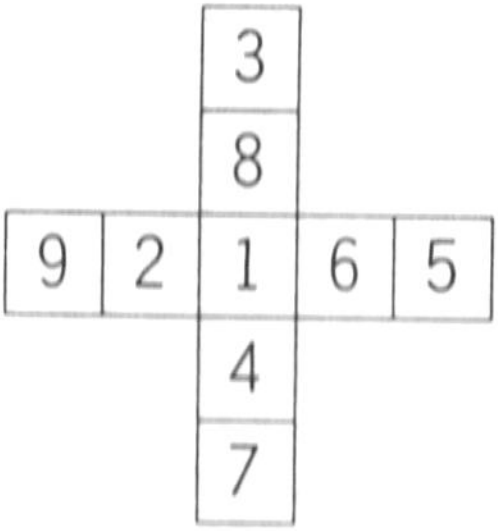

187 頁的答案。

一段感情結束了

一段感情結束，可能只是人生中一個極小的片段，活下去總有機會再去愛。

切記：不要為一段感情的結束而遷怒對方，自暴自棄，甚至愚蠢至自尋短見。一段感情結束了，無論是主動也好，被逼也好，你傷害他人也好，他人傷害了你也好，總算有一段感情發生過，雙方一定愛過對方，或長久或短暫也曾相愛過；而相愛的日子裡，必定感受過快樂和甜蜜，當快樂和甜蜜逐漸漸減少至消失，感情才無疾而終。如果雙方勉強下去，只會有負面結果，不快樂的痛苦會一天一天遞增，到那時候，愛侶變怨偶，肯定比分手更難受。

而且，一段感情，短暫或長久，一天或一生，總有分離的一天。生離也好，死別也別，總有分離的一天。

所以，一段感情結束了，千萬莫遷怒對方，反而應該對對方表示體諒和感激。想想，如果對方想走，今天不走，十年後的今天才走，將會白白浪費了他（她）的十年，也同時浪費你十年時間。因此，感情無法繼續，坦白說出，對雙方也是件好事，總好過爾虞我詐一輩子，到最後發現任何一方被瞞騙，回頭已是百年身。

相信我，活下去總有機會再去愛。過去遇上的感情，可能只是你人生中一個極小的片段。

自暴自棄，你的生命將會從此凍結，永不翻身。

那當然，自尋短見是如何的愚蠢，似乎是無需多講了，是嗎？

說那麼多，不要嫌我囉唆，良藥苦口，忠言逆耳。請大家細閱，亦將這頁的書角摺起來，心灰意冷時翻一翻看。

學校黑暗面

學校內的黑暗和人事瓜葛多的是，只是有人清醒地不踏進這擺佈中，也有人把這牌局玩得很好。

中三升中四要選科，理科自然是多數人的首選，因理科班差不多代表精英班。但理科班人數有限，只有成績排名前四十多位的學生才能進班。同學父親是物理教科書的編寫人，和校長是大學同學。理科班學生名單公佈的前兩天，同學被老師召到教職員室。班裡的人都猜到什麼事，校長和同學有交情，同學成績不及進理科班，只需說一聲，立刻便榜上有名。

對他公平得很，只能怨你沒有一個校長同學的父親。

兩天後公佈的理科名單上，卻竟沒有他的名字！他進了文科班。

他拒絕了校長的優待，當時我只覺得他傻。

身爲物理博士的兒子，卻考不進理科班，心理上應過不了自己或者父母的一關。換作是我，一定爭取讀理科。

後來，才知道他做得很對。

明知道自己連班裡的同學也及不上，勉強讀下去，會考時只要物理考不至「優」，隨時可因爲受不住打擊而看不開。

選了文科，爲自己興趣而讀，也讀得自在。物理博士父親不會追究爲何美國文學拿不到「優」，自己也不用活在曾被校長關照的陰影下，抬不起頭來。

學校內的黑暗和人事瓜葛多的是，只是有人清醒地不踏進這擺佈中，也有人把這牌局玩得很好。因此，同學的清醒我很佩服，另外校長做人的世故亦值得欣賞。

靜靜地結束

我偏偏是個喜歡回首的人，方領略喜歡回首的人一定不會喜歡自己。

很喜歡結束的擺脫，又很不喜歡因結束帶來的落寞。

因爲過程中眞的付出過，把心情寄留在那個地方已久，突然說要把心情逼走，總不捨得。

只不過，也必須安慰自己，凡事除非沒有開始，否則結束是難免的。

又如果沒有付出很多，對自己要求不高，結束時心頭所湧現那份突然喪失的感覺，就沒有什麼大不了，說完一聲後會有期掉頭就走，連回頭也不會有。

可惜我偏偏是個喜歡回首的人，方領略喜歡回首的人一定不會喜歡自己。由於沒有機會放過過去的自己，一直在開始至結束的路程上作告解狀，總覺得做得不好的可以做得更好，做得太好的又爲何沒人讚好，心生內咎之餘又不服氣，結束往往成爲最後的審判，那眞是種悲哀。

也許沒必要在圓場後再來一次謝幕，一次落幕就夠了，從此莫回頭，誰想計較觀衆掌聲有多響亮，有禮得體與否。結束的時候最好一個人靜靜地走開，才更像一次結束，免得像一場送喪儀式。

況且，送殯的在送的正是自己，又有什麼値得慶賀呢。

眞的，結束的時候最好一個人靜靜地走開。

國家圖書館出版品預行編目資料

叛逆的天空：梁望峰著 / -- 初版. --
臺北市：大塊文化，1997［民　86］
面：　公分. -- (catch系列：02)

ISBN 957-8468-14-8 (平裝)

855　　　　86005493

台北市羅斯福路六段142巷20弄2-3號

廣　告　回　信
台灣北區郵政管理局登記證
北台字第10227號

大塊文化出版股份有限公司　收

請沿虛線撕下後對折裝訂寄回，謝謝！

地址：______市／縣______鄉／鎮／市／區________路／街
______段____巷______弄______號______樓

姓名：

大塊文化 LOCUS

編號：CH002	書名：叛逆的天空

大塊 LOCUS 文化

讀者回函卡

謝謝您購買這本書，爲了加強對您的服務，請您詳細填寫本卡各欄，寄回大塊出版(免附回郵)即可不定期收到本公司最新的出版資訊，並享受我們提供的各種優待。

姓名：________________ **身分證字號**：____________

住址：________________________________

聯絡電話：(O)________________ (H)____________

出生日期：______年______月______日

學歷：1.□高中及高中以下 2.□專科與大學 3.□研究所以上

職業：1.□學生 2.□資訊業 3.□工 4.□商 5.□服務業
6.□軍警公教 7.□自由業及專業 8.□其他________

從何處得知本書：1.□逛書店 2.□報紙廣告 3.□雜誌廣告
4.□新聞報導5.□親友介紹 6.□公車廣告 7.□廣播節目
8.□書訊9.□廣告信函 10.□其他__________

您購買過我們那些系列的書：
1.□Touch系列 2.□Mark系列 3.□Smile系列 4.□Catch系列

閱讀嗜好：
1.□財經 2.□企管 3.□心理 4.□勵志 5.□社會人文
6.□自然科學7.□傳記 8.□音樂藝術 9.□文學 10.□保健
11.□漫畫 12.□其他__________

對我們的建議：________________________

____

____

LOCUS

LOCUS